# 小朋友的国度

〔芬〕基尔希·昆纳斯 著

〔芬〕克里斯特尔·罗恩思 绘

劳燕玲 译

人民文学出版社　天天出版社

著作权合同登记：图字 01-2021-7313

Complete Work © Kirsi Kunnas, Christel Rönns and Werner Söderström Ltd (WSOY) 2004
This will be the copyright notice:
Text © Kirsi Kunnas 2004
Illustrations © Christel Rönns 2004
Graphic Design by Christel Rönns
Complete Work © Kirsi Kunnas, Christel Rönns and Werner Söderström Ltd 2004
First published in Finnish with the original title Tapahtui Tiitiäisen maassa by Werner Söderström Ltd (WSOY) in 2004
Published in the Simplified Chinese language by arrangement with Chapter3 Culture (Beijing) Co. Ltd.


图书在版编目（CIP）数据

小朋友的国度 /（芬）基尔希·昆纳斯著 ;（芬）克里斯特尔·罗恩思绘 ; 劳燕玲译.
-- 北京：天天出版社, 2023.7
ISBN 978-7-5016-2054-8

Ⅰ. ①小… Ⅱ. ①基… ②克… ③劳… Ⅲ. ①儿童诗歌－诗集－芬兰－现代
Ⅳ. ①I531.82

中国国家版本馆CIP数据核字(2023)第063089号

**责任编辑:** 冀 晨　　　　　　　　**美术编辑:** 邓 茜
**责任印制:** 康远超 张 璞

**出版发行:** 天天出版社有限责任公司
**地 址:** 北京市东城区东中街 42 号　　　　**邮 编:** 100027
**市场部:** 010-64169902　　　　**传 真:** 010-64169902
**网 址:** http://www.tiantianpublishing.com
**邮 箱:** tiantiancbs@163.com

**印 刷:** 北京博海升彩色印刷有限公司　　**经 销:** 全国新华书店等
**开 本:** 880×1230　　1/32　　　　　　　**印 张:** 6
**版 次:** 2023 年 7 月北京第 1 版　　**印 次:** 2023 年 7 月第 1 次印刷
**字 数:** 143 千字

**书 号:** 978-7-5016-2054-8　　　　　　**定 价:** 48.00 元

# 用诗的眼睛看世界

## ——关于基尔希·昆纳斯《小朋友的国度》的心灵密码

### 高 昌

诗就是一粒粒珍珠，闪烁在平凡的日子中，等待着有心的小朋友睁大一双纯真的眼睛，去发现、去俯拾。用诗的眼睛看世界，一缕风、一片叶、一只飞鸟、一片云朵都会变得美好而生动。那么，怎样用诗的眼睛看世界呢？

我们先举一个中国唐代诗人李白的例子。他有一句诗，叫"云想衣裳花想容"。一般人会把这句诗理解成两个比喻句，就是"云彩像美丽的衣裳，花像美丽的容貌"。可是，小朋友读到这句诗的时候，想到的却是两个童话般灵动的拟人句，就是"云彩想成为那美丽的衣裳，花朵想成为那美丽的脸"。这个小朋友的眼睛，就是诗的眼睛；他的目光，就是诗的目光。

诗的目光温暖、明亮、纯净，有着神奇的力量。基尔希·昆纳斯的这本《小朋友的国度》，就是用"押韵的魔法"引领着我们，走进一个甜美的诗歌花园——让我们结识有着"腊肠身材"的小狗、会做梦的小花猫和噼里啪啦的小青蛙；听到风在唱歌，看到云朵的小帽子；让我们换上越橘做的脸颊、松萝做的头发、蓝色星星做的眼睛；让云朵带我们去星星的家里做客；让我们用诗的好奇目光，打量身边这个美好的世界。

基尔希·昆纳斯是芬兰人。芬兰是一个遥远的白雪皑皑的地方，但是，诗人的笔尖是没有冰雪的。她的笔尖会开花，会跳舞，还会淘气和恶作剧。她特别擅长叙述场景、刻画人物、制造搞笑的情节。她喜欢用那些带响声的、有香味的魔幻文字，给我们编织出有声有色、有味有趣、有美好也有感动的森林精灵王国。她的诗篇里充满异域风情，有时候我们可能会遇到不了解的事物，比如她笔下"没有黑夜的夏天"，指的是芬兰部分地区夏天出现的极昼现象，中国的许多小朋友可能不熟悉，但是晶莹的童心有着相同的本色，我们相互并不陌生。

基尔希·昆纳斯的诗篇，记录的是她的经历和思考、幽默和想象、才华和技巧。诗人一出手就是出其不意的景色、光彩闪耀的情节、纯真亲切而又诙谐玄妙的对话。景色、情节和对话，构成神奇浪漫的诗歌框架，中间还浸润着散淡而又透明的缕缕温情。或哭、或笑、或沉思，总是能够唤起令人惊异的同一节拍的纯真共鸣。

如果你拿到这本书，你就被邀请走上了一座神奇的虹桥。这座虹桥跨越千山万水和滔滔岁月，悄悄连接起陌生的心和心、家和家、国和国。所有爱幻想、爱笑、爱"臭贫"和爱"臭美"的孩子，都能够沿着这座魅力的虹桥，走向一个蔚蓝色的宫殿。这个宫殿是纯天然的，没有任何人工的精雕细琢。这里到处都荡漾着蔚蓝色的回声，可以试一试蔚蓝色的好心情，还可以采撷蔚蓝色的幻想。所有小朋友都可以徜徉在这个蔚蓝色的宫殿里，做神气十足的国王。

为什么不可以淘一淘气呢？可以啊。

为什么不可以撒一撒娇呢？可以啊。

为什么不可以在地上打一打滚呢？可以啊。

为什么不可以掉几滴眼泪呢？可以啊。

为什么不可以敞开大嗓门，放肆地笑上几声呢？可以啊。

在小朋友的国度里，我们都是诗。


高昌，著名诗人、评论家，中国作家协会诗歌委员会委员，《中华诗词》杂志主编，《中国文化报》理论部主任

# 致读者

　　童话就像一座森林，你走进去，漫步于小径之上，然后踏着小径返回。然而，你回来时走的路往往不是最初的那条路——我曾经在书中写过这件事，这是我自己的亲身经历。

　　童话就是作家用文字的魔法创造出来的想象世界。

　　这本书里的童话、诗歌、童谣和看起来似乎没什么道理的词句描述的是五十多年来发生在森林精灵国和我自己身边的事情，而且这些情节依然在上演——如果你去森林精灵国旅行的话，也会遇到同样的事情！

　　我从 20 世纪 50 年代开始撰写这些童话和诗歌，它们不只是写给孩子们的，也是写给他们的父母的，因为根据我的经验，大人与孩子有着永恒的联系。当我们还是孩子的时候，不能理解为什么大人的世界看上去像是一座长满了奇怪植物的丛林，即使是孩子也必须在其中生存。

　　幸运的是，孩子有种非理性的幽默感，能够看到其中好玩的地方，正是这种非理性的幽默感激发着孩子在诗歌阅读和创作中的想象力。孩子真的很会笑！当父母和孩子一起欢笑，或者感受一起冒险带来的兴奋、喜悦、同情与悲伤时，他们会视彼此为平等的体验者——这就是共同阅读的美妙体验。

当我翻开自己之前写的森林精灵系列作品为这本书收集资料时，一首首诗歌和一篇篇童话争先恐后地从里面涌出来，它们开始四处寻找彼此。很久以前写的诗歌和童话找到了新的伙伴，形成了自己的小天地。它们之间没有"年龄"的差别，它们只想聚在一起，共同讲述森林精灵国度里正在发生的事情。

这些作品像小青蛙一样噼里啪啦地跳进了这本书，它们希望能在这本书里下一场"青蛙雨"。

基尔希·昆纳斯

*Kirsi Kunnas*

目录

# 1

## 童话树

从前（其实现在依然如此），
有一棵童话树长在你家的院子里。
当你打开房门，
"哎呀！怎么会这个样子！"
所有的故事就从这里开始。

## 森林精灵的摇篮曲

小小的森林精灵，

森林中的小小精灵。

越橘做的脸颊，

松萝做的头发，

蓝色星星做的眼睛。


小小的森林精灵，

森林中的小小精灵。

在松树的臂弯里荡秋千，

在风儿的庄园里做梦，

蓝色星星轻轻闭上吧！

## 睡吧，睡吧

睡吧，睡吧，小宝贝，

爸爸要去森林里。

爸爸去找那里的小兔子，

小兔子的衣兜里有一个纸袋子，

爸爸要把你的悲伤放到纸袋里。


睡吧，睡吧，小宝贝，

妈妈要去花园里。

妈妈去找那里的咩咩羊，

咩咩羊的嘴巴里有一颗牙整天哭嚷，

妈妈要把你的哭泣留在那里。

## 我的小宝贝

来吧，来吧，我的小宝贝，
睡吧，睡吧，我的小花蕾，
快飞到梦中的云朵上安睡。

把你的头枕在云朵的身上，
让云朵带你去星星的家里拜访，
其他小孩子也会去那里的。
睡吧，睡吧，我的小宝贝。

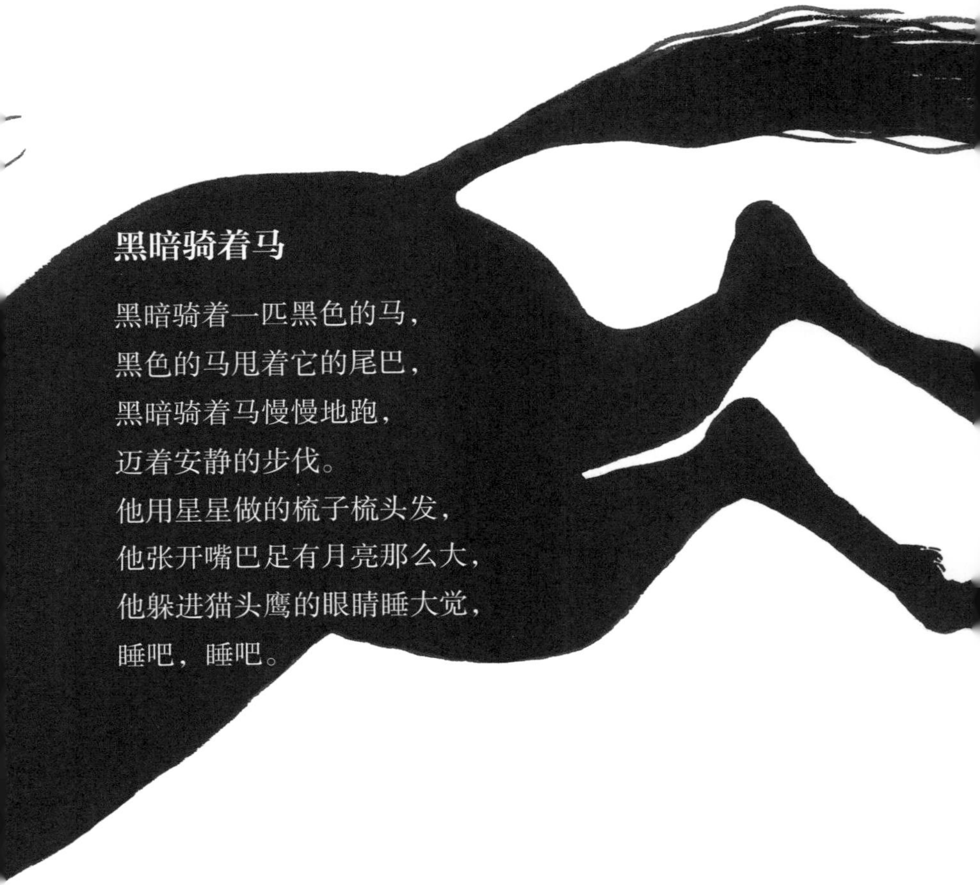

## 黑暗骑着马

黑暗骑着一匹黑色的马，
黑色的马甩着它的尾巴，
黑暗骑着马慢慢地跑，
迈着安静的步伐。
他用星星做的梳子梳头发，
他张开嘴巴足有月亮那么大，
他躲进猫头鹰的眼睛睡大觉，
睡吧，睡吧。

## 朵朵浪花

朵朵浪花
　哗哗哗，
沿着小岛边缘，
在沙子上画画。
一笔一画，
就像羽毛笔轻轻写下。

朵朵浪花
　不停地拍打，
哗哗哗，
是梦啊，
一早起床
　忘记啦。

## 鸭子的晨歌

早上鸭子叫嘎嘎，

嘎嘎嘎，

一起游泳吧！

脚丫一只在前，

一只在后，

游游游，

慢悠悠。

拍打着湖水往前走，

摇摇晃晃，

上上下下。

张开嘴巴喝水啦，

嘎嘎嘎。

## 幸运曼尼带来好运

从前有一个叫曼尼*的幸运精灵，

他拥有神奇的命运之轮。

清晨公鸡啼鸣，

命运之轮转个不停，

将亮晶晶的太阳唤醒，

这一天将会有幸运的事情。


幸运曼尼带来好运，

让你在这天远离所有霉运。


*幸运曼尼是芬兰童谣里的一个著名人物，是一个幸福的幸运精灵。

——译者注

## 太阳和公鸡

天空是一顶帐篷又大又蓝，

太阳就住在帐篷里面。

它长着红色的肉髯，

它现在应该已经在喔喔啼鸣！


不对，公鸡才喔喔啼鸣，

它的红色肉髯来回晃动。

它现在已经跑上了屋顶，

不对，那是太阳！

## 我与甲虫的故事时刻

我躺在草丛中，
望着相互追逐的云朵，
它们遥不可及，不可触摸。
我翻了个身：
"比起它们，你这只小甲虫轻松得多。
你应该讲个故事给我。"

"我发现一件怪事，
两只从来没见过面的蚂蚁，
怎么会在这里遇见彼此？"

"我们也是啊！
我们从未见过，
却一起躺在这里看天色。"

"是啊，是啊。
这里有好多不寻常的事。
那边长着快要触碰到云朵的草，
相互追逐的云朵却没发现，
草已经长得那么高。"

## 今 天

今天正是蚂蚁
　飞上月球的好时机，
它在月球上念个咒语，
让月球下起糖果雨。

## 好昆虫

从前有一只昆虫，
它是一只好昆虫。
它会嗡嗡叫、
咕咕叫、
啾啾叫、
呼呼叫，
它从来不会咬谁，
也不会说"不要"。
一阵响声传来，
把小虫吓了一跳。

番茄罐头

400g

## 千足虫的工作

我好辛苦啊！
我的工作无休无止。
几千双袜子，
我日夜都在修补它们。

## 金龟子

金龟子会咬你，
保护好你的眼睛、
手指和脚趾，
小心金龟子。
只要从一数到一百，
你就可以将它打败。

## 蜜　蜂

穿着条纹衫，
系着宽腰带，
肚子圆滚滚，
独往又独来。
嗡嗡，嗡嗡，
这就是蜜蜂的独白。

## 瓢　虫

没有鼻子，没有尾巴，
没有耳朵，没有头发，
但是它有六只小脚丫。
穿着没有纽扣的衬衫，
上面没有口袋，只有小圆点。
这是什么呀？

读读这首诗的标题吧，
然后你就知道啦——
这是一只小瓢虫啊！

## 换换口味

小瓢虫，
你为什么
　　一直穿红色的衣服呀？
星期天了，
不能穿件白色的吗？

# 蚊 子

蚊子嗡嗡嗡，

那讨厌的骚扰声

　　快要把我逼疯。

它声音尖厉，

不停啜泣，

寻寻觅觅，

想要找到我的血，

至少吸上一滴。

嗡嗡嗡，它确定袭击目标，

降落目的地，

悄悄地叮，静静地吸，

留下一个大肿包。

它飞了起来，转来转去，

转了一圈又回到原地，

想要再次发动袭击。


臭蚊子——看你躲到哪里去!

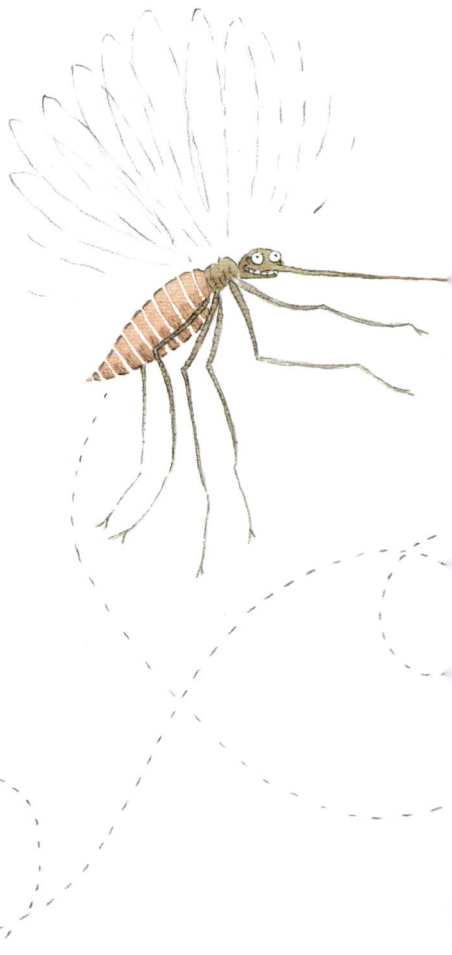

## 伤心之歌

爱哭包好伤心，

哭哭啼啼唱不停，

呜哇，呜哇，呜哇……

歌声引来一只爱笑的海鸥，

它把伤心之歌的后半段抢走啦。

## 有钱的蜗牛

你记不记得那只有钱的蜗牛？
它最爱吃酸奶油，
龙虾的味道闻不够，
也爱品尝三文鱼。

它的壳又硬又厚，
金币装满它的衣兜！
它不用交房租，
这样的生活有没有人羡慕？

## 蜗牛的念头

蜗牛觉得
让世界转得更快的方法是：
再来一只蜗牛，
与它比比谁走得快。

## 小兔小兔

小兔小兔跳啊跳，
闭着的嘴巴嚼一嚼，
垂着的耳朵摇一摇，
眯着的眼睛瞧一瞧，
急急忙忙赶紧跑。

## 蹦蹦又跳跳

兔子在路上，蹦蹦又跳跳。
拔了根芹菜，蹦蹦又跳跳。
买了小豆蔻，蹦蹦又跳跳，
捡了黑胡椒，蹦蹦又跳跳。

想起好玩的事，蹦蹦，
再翻一个跟头，跳跳。

## 长耳朵兔子邦尼的隐身术

初雪的日子里，
长耳朵兔子邦尼
　换上冬装，
去雪中嬉戏。
邦尼发出一声尖叫，
初雪的魔力让它着迷。
它向着远方的地平线跳啊跳，
那里的天空和大地
　一片雪白
　金光闪耀。
长耳朵兔子邦尼
　就这样消失在
　白色的世界里。
有一天，也许你依然能看到云端
　邦尼发亮的耳朵尖。

## 兔子邦尼

从前有一只小兔子叫邦尼。虽然公主没有见过它，但她一直说邦尼是她的兔子。

公主常说："邦尼不会这么做，邦尼不会那么做，邦尼喜欢胡萝卜。"于是，其他人都点着头说："邦尼喜欢胡萝卜。"毕竟，公主就是这么对他们说的。

有一天，公主去森林里找邦尼。她遇见了好多兔子，但都不是邦尼。

"你怎么知道我们都不是邦尼呢？"兔子索里在地上翻了好几个跟头问道。

公主问："你有耳朵，对吧？你是兔子索里，对吧？"

兔子回答："我是索里，我当然有耳朵咯。"

公主说："对呀，就是啊，我知道邦尼很可能没有耳朵。如果邦尼有耳朵的话，那它就没有尾巴。"

森林里所有的兔子从头到脚打量了一遍自己和其他兔子，然后对公主说："我们都有尾巴。"那么，邦尼在哪里呢？兔子们交头接耳，然后又打量了一遍自己和其他兔子："我们也都有耳朵呀！"

公主嘀咕道："这就怪啦，邦尼应该没有耳朵呀！"

接着，公主来到草地，想瞧瞧邦尼会不会在这里。草地上有好几只兔子，但它们都不是邦尼。坐在草地中央的兔子普鲁问道："你怎么知道我们都不是邦尼呢？"

公主问："你一根胡须也没有少，对吧？你的名字叫普鲁，对吧？"

"我是普鲁，我当然一根胡须也没有少咯。"

公主说："但是邦尼至少少了一根胡须。"

"不可能有这样的兔子。"它们数了数自己和其他兔子的胡须说道，"我们一根胡须也没有少，而且不可能会有没胡须的兔子。"

公主说："那就对啦，那是邦尼的特点。邦尼有时候会弄丢它的耳朵，那时它的尾巴就会好好地长在身体后面，不过它总是会少一根胡须。如果邦尼找到了它的耳朵，那它就会把尾巴给弄丢，但是它永远都找不到自己的胡须——这一点我很肯定，因为我找到了邦尼的胡须，那根胡须在我这里。"

最后，公主去了胡萝卜地。大家猜到了吗？公主在那里找到了邦尼，因为邦尼喜欢胡萝卜呀！邦尼弄丢了它的耳朵，它的胡须也少了一根。

邦尼坐在胡萝卜堆里对公主说："你总算找到我啦！

我是一只有点悲惨的兔子，我一直盼望着有人来找我。我把耳朵给弄丢了，你应该不会介意吧？"

公主一把把邦尼搂到怀里，说："就是因为你没有耳朵，我才特别喜欢你。如果你找到了耳朵，你得记得把尾巴弄丢，因为我就是这样告诉其他人的。"

邦尼答应了公主，不过它一直没去找自己的耳朵，因为它住进了公主的家。邦尼躺在公主怀里，公主给它缝补胡须。有了公主缝补的胡须，邦尼已经变得和其他兔子没有什么两样了。

邦尼感到非常幸福，终于有人找到它了，而且这个人就喜欢没有耳朵的自己。

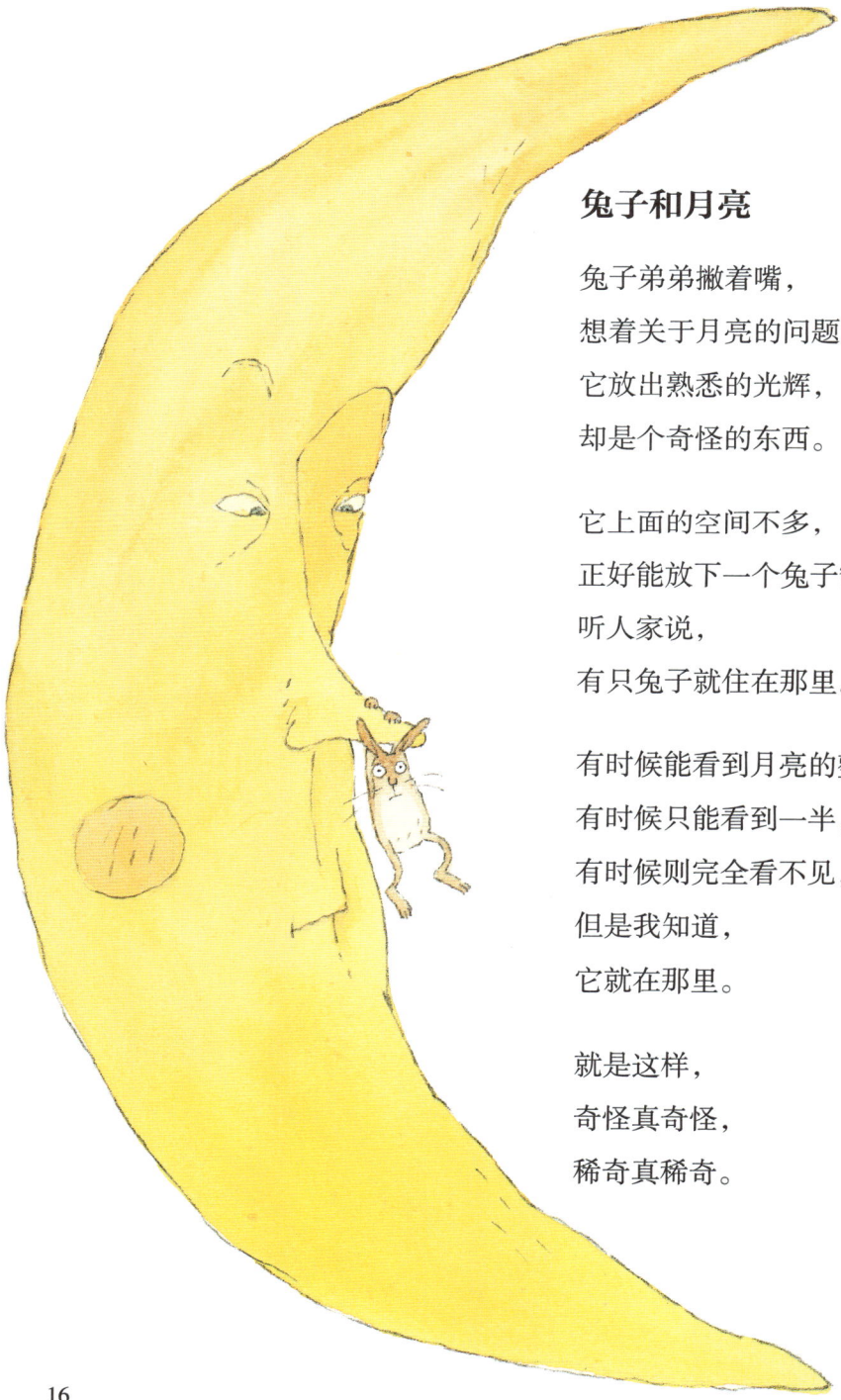

## 兔子和月亮

兔子弟弟撇着嘴，
想着关于月亮的问题。
它放出熟悉的光辉，
却是个奇怪的东西。

它上面的空间不多，
正好能放下一个兔子窝。
听人家说，
有只兔子就住在那里。

有时候能看到月亮的整张脸，
有时候只能看到一半，
有时候则完全看不见，
但是我知道，
它就在那里。

就是这样，
奇怪真奇怪，
稀奇真稀奇。

# 2

## 喵呜

猫咪的嘴巴真够大，
当它张开大嘴巴，
仿佛整个世界都把"喵呜"发，
当它打起呼噜，
仿佛整个世界都颤抖起来，
想停都停不下。

## 小猫咕噜呜噜

丝滑的皮毛光泽好，
玫瑰花一样的小嘴往上翘，
小猫名叫咕噜呜噜，
它有一大串问题要思考。

咕噜呜噜想知道：
这样的大树哪里找？
看起来像苹果树，
但长满了小老鼠。
只要把树摇一摇，
几百只老鼠往下掉。

啊呜——
一口一个全吃掉。
躲在大蘑菇下
　伸个懒腰，
玫瑰花一样的小嘴
　忍不住笑。

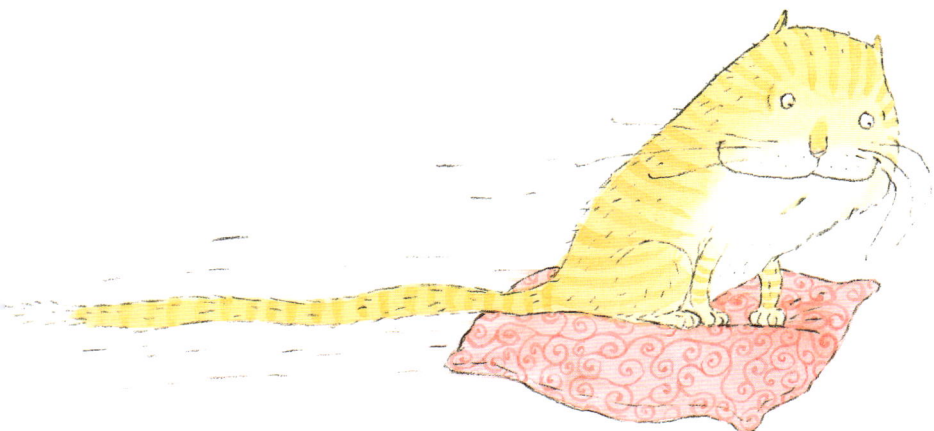

## 小猫的梦

每个夜晚，每个深夜，
小猫

　　化身梦中的旅客：
去东边坐特快列车，
去西边坐四轮马车，
在梦的世界里奔跑。

每个白天，每个清早，
小猫

　　刚一回到家，
邮递员正好来送报。

出于某种原因，小猫正在寻找：
花尾榛鸡遇见大灾难的报道。

19

## 我们的猫

我们的两只猫，
吃喝拉撒都不少。
像所有的猫一样，
可爱的小嘴往上翘。

比起其他猫，
我们的猫最好！

叫声那么美妙：
咪呜，喵呜，
咕哩，咕噜。

偶尔也会争吵：
谁先得到妈妈的关照，
谁先露出小肚皮躺好，
谁先被妈妈拥入怀中，
一头扎进妈妈温暖的怀抱。

## 花布猫的双重生活

花布猫穿着白马甲和黑外套，
一双猎靴脚上套，
头戴一顶小红帽。

但在梦的世界里，
花布猫把天鹅绒斗篷往肩上一披，
讲希腊语，学古典史，
在花布上写诗，
记录梦中的奇事。
诗里有一只花布猫，
华丽的猎靴脚上套，
穿着白马甲和黑外套，
头戴一顶小红帽。

## 猫的小把戏

猫在门边舒展身体，

就像一根拉长了的管子，

我知道，它在想着猫的小把戏：

它感到一丝凉意，浑身抖一抖，

对你喵呜喵呜地说"好冷啊"。

它想听到你对它讲"哇哦"之类的感叹词

　　和"欢迎回家"之类的好听话。

它还想在你的怀里躺一下，

再回到自己的世界里玩耍。

## 猫的窸窸窣窣

在昏暗的森林中，
有一只黑猫在轻手轻脚地走路，
它在猫的小径上散步，
在夜的森林里探索，
直到夜深露重，
脚爪沾满泥土。

猫的纺线车在昏暗中转动，
发出窸窸窣窣声。
一夜又一夜不停地工作，
火花飞舞，
飞到漆黑的夜空，
变成闪烁的星星。

## 广告里的猫

电视广告里的猫，
用美丽的双眼把我瞧，
我希望能和它一起拍广告，
我希望它能成为我的宠物猫，
我会把它当作好宝宝。
我可以抚摸它，
陪它玩耍，逗它欢笑，
给它一个温馨的家，
帮它去把老鼠找。
但它只是对我喵喵叫：
"给我买个猫罐头好不好？"

## 草地上的丁零丁零

圆叶风铃草遍布草地，
丁零丁零，
草丛里的蟋蟀嘿嘿嘿嘿。
我们家的猫咪，
蒂姆和汤姆
　瞳孔放大，身体放低，
蹑手蹑脚地靠近。

老鼠吱吱吱，
田鼠叽叽叽，
鸟儿咕咕咕，
诉说着恐惧，
小草发出沙沙的声音。
蒂姆和汤姆
　瞳孔放大，身体放低，
蹑手蹑脚地靠近。

## 小猫咪咪

我们家的小猫咪咪，
嘴巴和眼睛露出笑意。
它要去老朋友家里，
和它讲老鼠的事情。
老鼠的胡须是小鱼骨头的味道，
美味无法抗拒。

## 猫和老鼠的游戏

我只是想要知道，
从猫的爪子下逃跑
　是开心还是生气？
据说猫闭着眼睛，
依然能够看清，
黑夜里，
一只可怜的老鼠跑了过去。

此时我是多么恐惧，
猫和老鼠的游戏。
我跑我跳，
我"嗖"的一声钻进老鼠的地道。
叮当叮当，
我拼命把铃摇，
发出救命的警报。

## 猫和老鼠

一只猫睡着睡着梦见了一只老鼠，

梦里的老鼠睡着睡着梦见了一只猫。

猫要抓老鼠，

但它刚刚准备好，

就醒了⋯⋯

## 草堆里的老鼠

老鼠去草堆，

想把牙齿磨得更尖锐，

猫奋起直追，

用它锋利的"大镰刀"

　　割着草。

快逃！

趁猫还在那里东翻西找，

老鼠拼命挖出一条地道。

## 老鼠的打油诗

老鼠的日子，
紧张又刺激。
尾巴和胡子，
总是颤颤巍巍，
因为随时
　都可能有谁，
把我塞进它的肚子！

老鼠的打油诗有没有意义？
吱吱吱吱，美味芝士，
逃跑之前，吃吃吃！

## 王先生的狗

翻开报纸，
看到这样一则启事：
王先生的狗有人看见没有？
不是小狗，也不是大狗，
是一条不大不小的狗。
不干净，也不太脏，
不温柔，也不鲁莽，
不淘气，也不太乖。
见到的请把它送回来！

## 腊肠狗

瞧，
那条狗的"底盘"好低，
它把嘴巴和尾巴拉长了几厘米，
却把腿完全忘记。
你说稀奇不稀奇！

## 小狗的生活

我的生活很不错，
女主人会帮我洗脚，
梳理我背上的毛，
喂我吃香肠，
我把㞎㞎"忘"在路上，
也是她来打扫。


但是如果只给我一个狗窝、
一条短短的绳索，
那生活
　将变得像做数学题一样难熬。

## 洗　澡

有一条狗长得很黑很黑，
它觉得要很白很白才是美。
它跳进澡盆想洗个泡泡浴。
它忍住不敢打喷嚏，
担心泡泡会碎一地。

## 小狗吓一跳

小狗弟弟蹦蹦跳跳，
沿着马路汪汪大叫。
它看到汽车在路上飞驰，
破烂和废铁堆在道旁。
它看到松鼠坐在树上，
奶牛站在农场，
老鼠成为猫的美食，
马儿身上洒满阳光。
还有一片狗尾巴草，
它要走过去瞧一瞧。
迎面走来一位老公公，
他的胡子那么长，
小狗吓了一跳，
仿佛变成盐做的雕像，
直到雨水滴到头上，
它才恢复正常。

## 汪汪，华夫饼

汪汪，华夫饼，
别再躲我行不行？
找呀找，
闻呀闻，
转呀转，
地毯抓成团，
角落探一探，
床下看一看。
华夫饼你在哪里？
汪汪，华夫饼。

# 3

## 咒 语

魔术师的帽子里面
有二十只蛋。
每只蛋
有二十个心愿。
所有心愿，
只要一个咒语就可以实现：
鸽子鸽子快出现。
鸽子全都飞了出来，
一群白色的小可爱。
四百个心愿
　　离开帽子，舞姿翩翩！

## 花奶牛与小花猫

一头花奶牛，一桶白牛奶，
花奶牛的尾巴甩啊甩：
我挤的奶更多了，
我的尾巴变长了。

一只小花猫，一桶白牛奶，
小花猫的舌头舔得飞快：
我喝的奶更多了，
我的舌头变长了。

## 夜晚的挤奶歌

我在夜晚挤牛奶，
听着牛奶流到桶里的声音，
心情真愉快。
我在夜晚挤牛奶，
不小心牛奶洒到鞋子上，
歌声停下来。

阿达米娜，阿达米娜，
轻轻地甩着它的尾巴，
牛蹄踏过小路，小路都变漂亮啦。
阿达米娜，甩尾巴吧，

我为你挤奶，
唰，
唰。

牧场边的金光菊凋谢了，
阳光下的手指又红又烫。
桶里的牛奶哗哗响，
金色的牛奶在发亮，
我挤了一桶太阳光！
喂，阿达米娜，
阿达米娜，你真棒！

## 奶牛的飞行

老奶牛在田野里狂欢，
踏着奶牛的波尔卡鼓点，
身上的铃铛也跟着旋转。
老奶牛纵身一跃飞到空中，
穿过云烟，
抵达遥远的星空。
你看它飞得又高又远，
腿上沾满了田野里的花瓣。

## 刺猬，刺猬

是谁在探头探脑？是谁在胆怯？
是谁那可爱的小鼻子
　在草丛里隐隐约约？
有谁可以对刺猬说：
"欢迎来吃消夜！"

## 软心肠的刺猬

"唉，"刺猬说，
"我好难过，
我很友善，我很温柔。
告诉我，
有没有人会反驳？"
刺猬感到很失落。
虽然外表带着刺，
但是内心很柔弱。

"唉，"刺猬说，
"我好难过，
我孤独又寂寞！"
刺猬说得没有错，
它独自面对生活，
带刺的外表无法摆脱。
想着满身都是刺，
眼泪又淌出了眼窝。

## 刺猬和月亮

黑夜穿着袜子，脚步轻轻，
来到了花儿点缀的草地，
来到了河边的芦苇丛里。
芦苇丛里，月亮最美丽。

刺猬望着月亮，流下了感动的泪滴。
它坐在河边的芦苇丛里欣赏着月影。
芦苇丛里，月亮最美丽。

月亮散发的光芒就像是玫瑰，那么令人陶醉。
它在河边的芦苇丛里跳舞嬉戏。
芦苇丛里，月亮最美丽。

这天晚上，圆圆的月亮在花丛中舞蹈，
在河边的芦苇丛里欢笑。
芦苇丛里，刺猬觉得只有月亮最美丽。

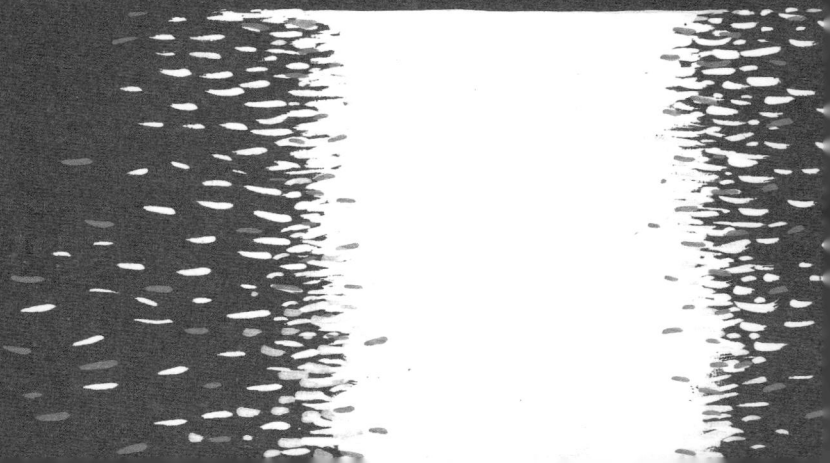

## 没有名字的大象

从前有一头没有名字的大象，

它想用自己的鼻子

　　吸一吸玫瑰的花蜜。

大象的愿望能否变成现实？

它深知玫瑰是玫瑰，

玫瑰的花蜜只给蜜蜂采集。

玫瑰嘲笑大象愚蠢，

大象反击："那又怎样？"

它把鼻子伸进花丛，

一朵玫瑰开始哭泣，

大象也流下了泪滴，

玫瑰的刺扎伤了象鼻。

大象离开了这里。

它要远离玫瑰，远离。

大象再也没有回来，

但它有时会在梦里

　　闻到玫瑰的香气。

大象自言自语："我真是一个笨蛋。"

唉，泪水苦涩的滋味！

玫瑰是玫瑰，

玫瑰的花蜜只给蜜蜂采集。

## 大象的奇思妙想

有一头大象，
脑袋里装满了奇思妙想，
它想让所有的大象
　　都跟在它身后。
象鼻拴在象尾后，
象尾牵着象鼻走，
大象的后面还是大象，
一头又一头，
一直到最后。
整个世界上，
仿佛只有一头大象
　　走啊走！

# 小精灵与月亮

小小的精灵

  奔跑在沼泽地的木板路上，

他在寻找沼泽里的月亮。

他对那个奇怪的东西感到好奇：

沼泽的每个水洼里都有一个圆圈，

每个圆圈里都有弯弯的秋千。

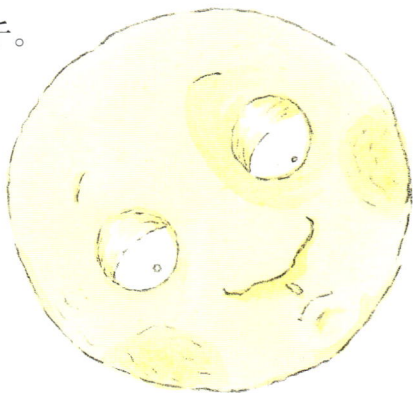

小小的精灵

  想啊想，

可不可以

  捡一个秋千带回家，

挂在高高的松树上？

小小的精灵

  爬到松树洞里，

呼呼地进入梦乡。

在那松树顶上，

摇摇晃晃

  爬上一弯月亮。

月亮笑嘻嘻，

一直笑到早上。

## 小精灵的诗

头发乱七八糟，
眼睛一低一高，
牙齿参差不齐，
鼻子扁扁不翘。

那是小精灵塔塔，
她有些邋里邋遢，
但是没有办法，
我就是喜欢她，
在月光下，
请给我你的手，
让我们一起玩吧！

## 小精灵 "苔藓牙"

小精灵名叫 "苔藓牙"，
长得像苔藓，绿油油的，
又像毛线球，毛茸茸的。
他长着招风耳和一头鬈发，
尾巴尖上的毛结越来越大。

就是这条尾巴，
让他眼泪哗啦啦！
呜哇，呜哇，呜哇，
一边哭一边用梳子梳尾巴，
一个结变成两个啦！
他哭得更伤心了，
呜呜呜，哇哇哇。
拿起剪刀咔嚓咔嚓：
毛结没有了，
尾巴也没有了！
呜哇，呜哇。

# 4

## 猫箱子

有谁知道，
在一个叫作"猫箱子"的城市里，
公鸡怎样喔喔叫？
母鸡怎样咯咯叫？
杜鹃怎样咕咕叫？
还有猫！
"猫箱子"里的猫又是怎样叫？

## 啄木鸟之歌

一只啄木鸟咚咚地敲，
它在寻找啄木鸟宝宝。
咚咚咚，
用力敲，
咚咚咚，
把全部的树洞都敲一敲。
咚咚咚，
啄木鸟宝宝，
你快点回巢！

## 灰 鹤

从前有一只灰鹤，
它用一只脚站立，
它把脑袋垂得很低，
不断告诉自己：
"如果我看上去像一只灰鹤，
那肯定会过得惨兮兮。"

## 池塘里的鸭子

一只鸭子和它的妹妹，
被一个噩梦吓得不敢再睡。
它们梦见一条贪心的河鲈，
还有一只狡猾的蝾螈
　吃光了它们的蛋。
这是世界末日！我们赶紧逃！
停止生蛋，行李打包，
预订去南方的车票！

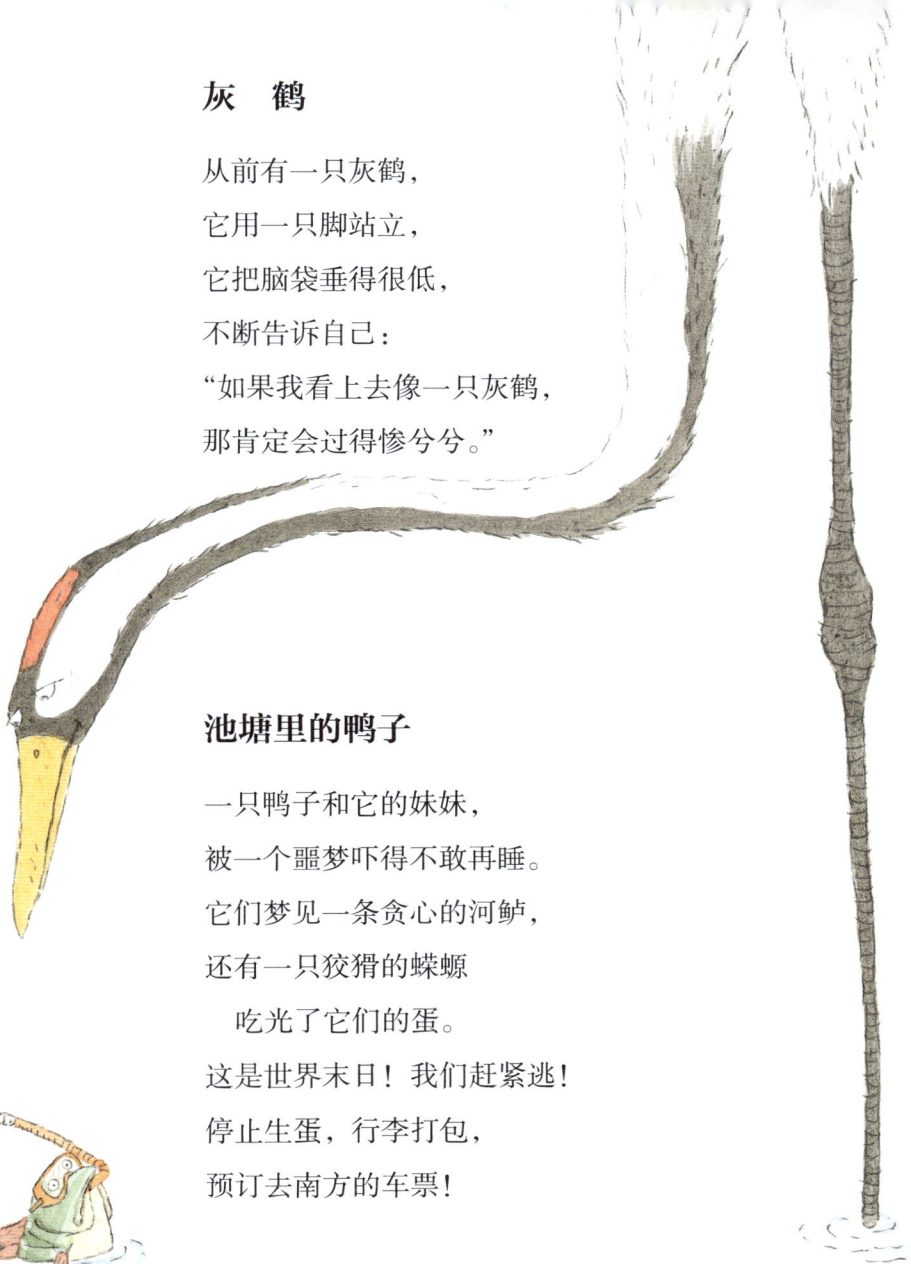

## 风中的小乌鸦

我们是六只小乌鸦，
嘎，呱。
我们的歌声响亮，
嘎，呱。
大风把我们吹到天上，
我们在空中打转，
尾巴、脖子和还没长好的翅膀
　　都被撞到啦。

但是我们要再来一遍，
嘎，呱，嘎。
五只摔到了地上，
啪嗒。
第六只也快摔下来啦，
不过我们总要学会飞翔，
嘎，呱！
嘎，呱！

## 渡鸦与乌鸦

渡鸦与乌鸦，
整个家族的颜色都好灰暗，
永远穿一件黑衬衫。
它们看起来不太友善，
每一只都板着脸。

渡鸦与乌鸦，
听见笑哈哈，
嘎，呱，嘎。
寒风在角落里呼喊，
它们依然穿着黑衬衫！

## 小渡鸦

小渡鸦，
嘎嘎嘎！
光着一双腿，
张着大嘴巴！

请你安静些，
去别处玩耍，
走吧，走吧！

## 小野猪的鞋子

我们去森林里，
找野猪的小屋。
野猪的小屋里，
有一只小野猪。
小野猪有一只
　　小小的鞋子，
鞋子上有一个
　　小小的铃铛。
小野猪一走路，
铃铛就会响：
叮叮当，
叮叮当。

小野猪，你别急，
我们不会和你抢！

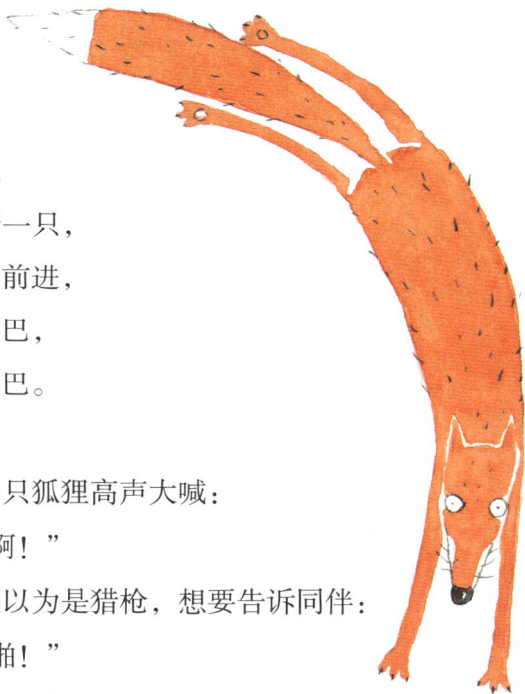

## 狐狸打猎

红色的狐狸
　一只跟着一只，
蹑手蹑脚地前进，
尾巴接着嘴巴，
嘴巴跟着尾巴。

突然，第一只狐狸高声大喊：

"啊，啊，啊！"

第二只狐狸以为是猎枪，想要告诉同伴：

"啪，啪，啪！"

第三只狐狸在第二只狐狸身后大叫：

"呀，呀，呀！"

第四只狐狸躺在地上装死，发出一声惨叫：

"啊……"

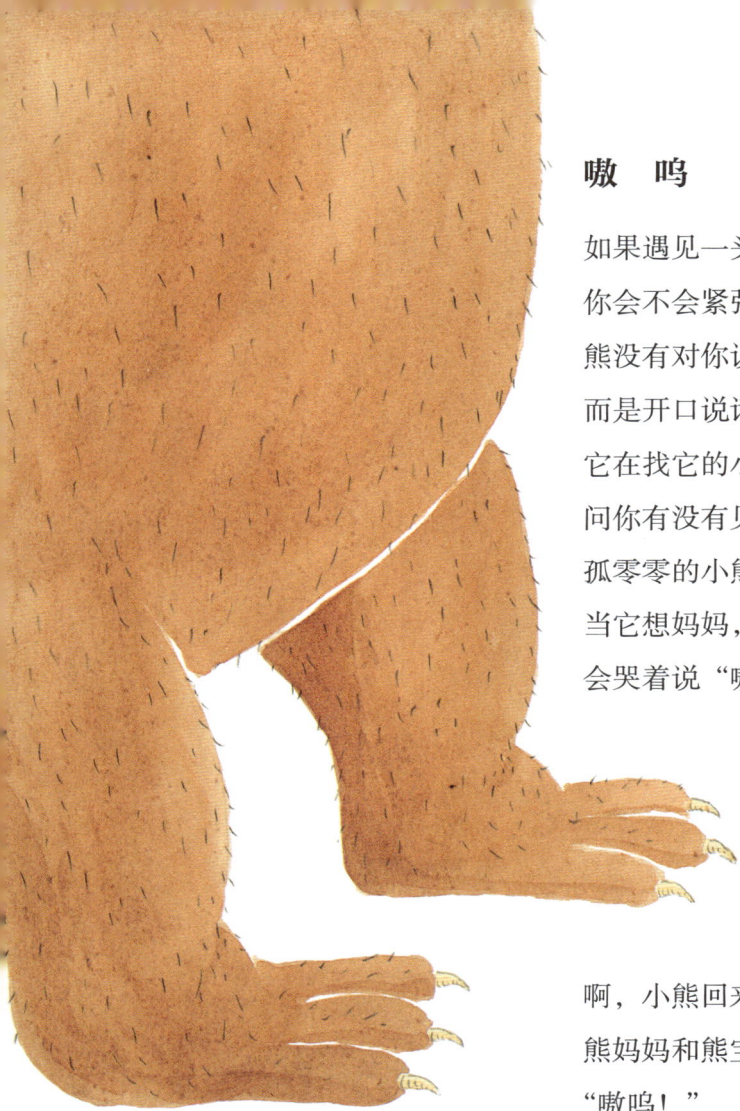

## 嗷 呜

如果遇见一头熊，

你会不会紧张，会不会害怕？

熊没有对你说"嗷呜"，

而是开口说话，

它在找它的小熊，

问你有没有见过它。

孤零零的小熊走累了，

当它想妈妈，

会哭着说"嗷呜"。

啊，小熊回来啦！

熊妈妈和熊宝宝开始用熊语对

"嗷呜！"

"嗷呜！"

## 鼹鼠麻麻黑的夜晚

如果晚上出门闲逛，
你会看到银色的星星挂在天上，
金苹果一般的月亮，
在树梢上摇晃。

树下的小路上，
鼹鼠麻麻黑还在忙。
你看不见它，
但是能听到它在漆黑的夜晚
　刨土，挖洞，不停地干，
嘴巴和手脚一刻不闲。

它也看不见你，
但是听得到你说话。
它很惊讶，
因为你告诉它，
头顶上那片黑黑的天
　已经被星星占满。
不论冬夏，
老苹果树的梢头
　总是挂满金苹果，
而鼹鼠麻麻黑的窝就在这棵树下。

## 鼹鼠泥巴在生气

鼹鼠泥巴在生气，
它不停地钻来钻去：
我要挖地道，我要挖通这里，
从这里过来，再从那里过去，
鼹鼠的家就是要别有天地。
别再生气，
生气没有任何意义，
你应该多看看外面精彩的东西。

## 咕咕，咕咕

深夜里，黑乎乎，
猫头鹰在叫：
"咕咕，咕咕！"
声音听得清清楚楚！
田鼠、鼹鼠弯着腰，低着头，
胡须颤颤悠悠，
浑身都在发抖，
不知该往哪儿走！

## 水鼠爷爷

芦苇丛里啪嗒啪嗒，
草丛里沙沙唰唰，
泥塘里哗啦哗啦，
是谁在那里发出声响？
是谁即将登场？

水鼠爷爷露出脑瓜，
胡须上面沾满泥巴，
它迈着艰难的步伐，
名字叫作亚克·万卡。

眼睛里的泪水滴答滴答，

鼻子里的鼻涕稀里哗啦，

鼻子哼哼，鼻涕擦擦。

啊，啊，不行啦！

阿嚏，阿嚏！喷嚏一个接着一个打！

啊，啊，还是不行啊！

阿嚏，阿嚏！喷嚏还是不停地打！

水鼠爷爷亚克·万卡

　实在没有什么好办法，

它的身体不太好，

深受职业病困扰，

河鲈感冒、水干咳，

还有闹哄哄百日咳，

总也好不了。

看哪，它径直奔向芦苇做的床，

躺在床上，

脚朝西北方，嘴朝东南方。


这样能帮水鼠爷爷减轻一些症状。

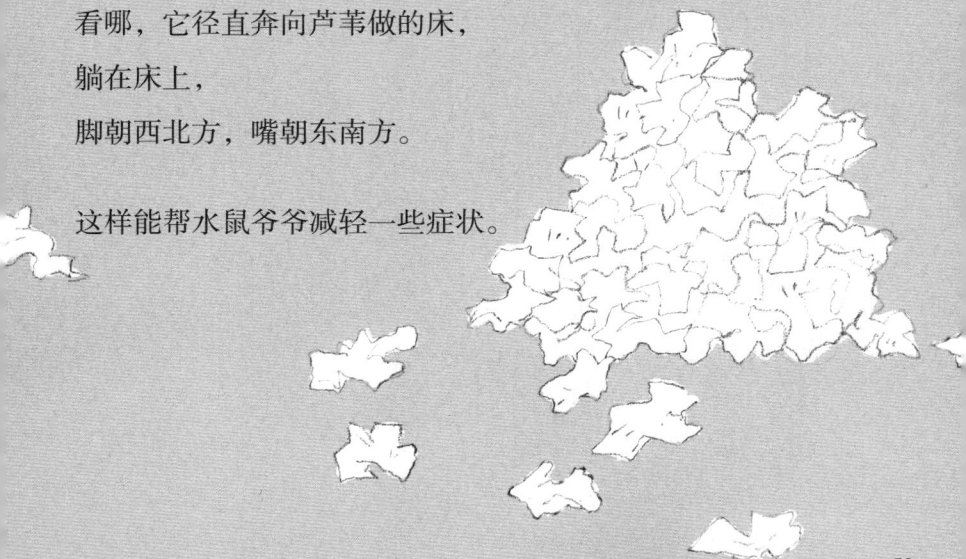

## 海豚的催眠曲

睡吧，小海豚；睡吧，小宝贝；睡吧，乖小孩。

黑夜笼罩大海，浪花打起节拍，

啦，啦，啦，

睡吧，睡吧，

黑夜不会将大海掩埋。

黑夜会在日出前离开，而大海一直都在。

安静地睡吧。

睡吧，小海豚；睡吧，小宝贝；睡吧，乖小孩。

## 鞋子先脱掉

袋鼠爸爸并不反对，

袋鼠宝宝在妈妈的口袋里睡。

"但是，在听催眠曲之前，

应该先把鞋子脱掉。"

这是袋鼠爸爸对袋鼠宝宝唯一的忠告。

## 变色龙

变色龙说："啊，忘记变色了！"
它的脸一红，变了颜色。
它变成了绿色，然后身体抖了抖，
又生气地变成了花花绿绿的颜色，
因为世界又变了。
幸好，夜晚是黑色的，
终于可以没有烦恼了。

## 给小猴拍照

哎哟，哎哟，
这儿有只小猴！
当相机对准它的时候，
它没有掉头就走，
而是一直看着镜头。
它可爱得不行，
但是露出沮丧的表情。
到底发生了什么事情？
小猴跳都不跳，
也不从身上抓跳蚤，
只把耳朵挠了挠，
做了个鬼脸给我瞧！

看到镜头里小猴做鬼脸，
我感到好伤感。

## 大猩猩，大猩猩

从前有一只大猩猩，
它现在依然生活在动物园。
它的名字就叫大猩猩，
它现在依然叫这个名字。

大猩猩，大猩猩

它是那么的无与伦比，
所以它的名字，
要重复两遍才行。
这就是它在动物园
　　铁笼子上挂着的名片。

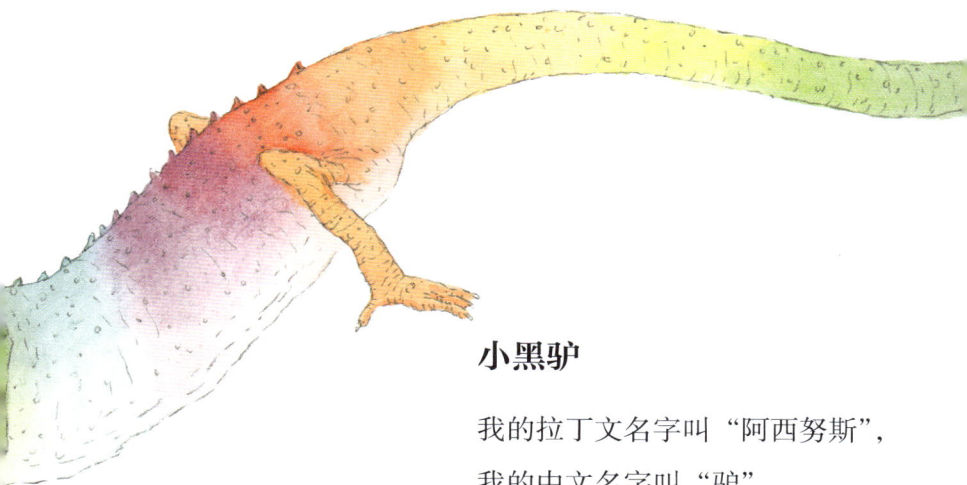

## 小黑驴

我的拉丁文名字叫"阿西努斯",
我的中文名字叫"驴"。
我又懒又不爱动脑子,
浑身黑黢黢,
还有一副尖嗓子。

但是谁都不知道,
其实我还有一个名字,
起名时我还在妈妈肚子里。
温柔动听,非常美妙。
想起那个名字,
我就会兴奋地尖叫!

## 猴子闹脾气

一只浑身光溜溜的猴子说:
"不是所有人都需要读书,
也不是所有人都需要穿衣服。"

所以大家猜猜吧,
这只光溜溜的猴子
　　在理发店里
　　怎样说自己要把头发理?
它对理发师说:
"'前'毛,'前'毛,我的毛长啦,
给我'前前'行吗?"

## 去看长颈鹿

看到长颈鹿的时候，我立马问道：
"是什么东西把它的脖子拉得那么长？"
我又问了一遍，我真的很想知道，
然后我的脖子就变得好长好长。

我继续追问为什么长颈鹿的腿那么长，
大家猜猜出了什么状况？
我的问题还在空中回荡，
两条腿就变了样，
也变得好长好长。

# 怎么办

鹤大喊：

"我们太悲惨！

应该怎么办？"

猴子大喊：

"我们要反抗！"

蛇问：

"什么事让你们这么气愤？"

猪哼哼着问：

"是谁这么过分？"

海鸥大声尖叫：

"是不是谁被谁啄得到处跑？"

杜鹃咕咕叫：

"是不是看到了什么新的鸟？"

青蛙不想说话：

"咕呱，咕呱！"

老鼠前来插话：

"你们说得没错啊！"

牛哞哞地说：

"地球太热了，就像一口锅。"

蘑菇默默地说：

"我们待的地方又小又破。"

花尾榛鸡说：

"你们说得很好，不要再来问我。"

它的脑袋太小，

什么都不知道。

## 大象的故事

从前有一头大象，

还有一头小象名叫安迪。

故事就这么结束啦，

你就算抱怨也没有办法。

好吧，那我再努努力。

它们会用鼻子把水洒向大地。

大象长得很美丽，优雅得体，

小象安迪长着正方形的身体。

还有什么可讲的吗？

它们的嘴里长着象牙，

身上穿着象皮大衣。

大大的皮衣

连鼻子和耳朵都包裹得很严密。

我实在想不出什么啦，

你能帮我想想吗？

59

## 会魔法的小青蛙

从前有一只小青蛙，
把一块酵母放进嘴巴，
然后就像一个发酵的面团变得越来越大，
头撞到了天花板还停不下。

小青蛙撞破了房顶，咔嚓，
小青蛙吞掉了云朵，咔嚓，
小青蛙吃掉了星星，咔嚓。
接着它啃了一口月亮，
见到了早上的太阳。
啊，太阳！
小青蛙把太阳也一口吞下，
不小心烫伤了嘴巴。

小青蛙赶紧想办法：
"呱呱呱，呱呱呱，
魔法魔法快变化！"
嗖！原来的小青蛙回来啦，
一蹦一跳，换个地方去玩耍。

# 5

## 梅花猫爪

有一次，猫咪把自己梅花般的小爪子
忘在了神奇森林里。
小爪子留在那里长成了一朵花，
名叫蝶须*。

蝶须，一种美丽的小花，样子很像猫咪的小
脚爪。——编者注

## 母鸡的进城之旅

有一次，一只母鸡给自己套上马的缰绳，然后拉起马车，载着马进城。马坐在车上嘶叫着："咴儿，咴儿！被别人拉着走可真好啊！当主人可真爽啊！"

"你才不是我的主人呢！"母鸡咯咯叫着，"虽然我拉着你，但你并不是我的主人。"这里顺便提一句，这只母鸡姓"鸡蛋"。

母鸡·鸡蛋拉着马车轻松地唱起了歌：母鸡，咯咯，套着缰绳，拉着马进城。

一只小猪迎面走来，它姓"尾巴"。小猪·尾巴大吃一惊，停下了脚步。

母鸡·鸡蛋对小猪说："咯咯，你好！"母鸡正想停下来歇一会儿。

马对着小猪嘶叫："咴儿，咴儿。"这里顺便提一句，这匹马姓"马"。

小猪·尾巴瞧着母鸡和马，一句话也没有说（是没听懂，还是有别的原因呢？）。

小猪·尾巴最终还是开口了，它迟疑地问道："马·马，你拉着车去哪里呀？"

"哪里都不去。"

"我猜也是。"小猪嘀咕着，"马·马，你的车能不能载我一下呀？"小猪说完，便爬上了车。

母鸡·鸡蛋这下生气了，大喊道："我才是那个拉车的，是我拉着马进城！"

"哦，看起来确实是这样，"小猪·尾巴说，"不过，你得做点什么来证明一下！"

母鸡·鸡蛋拉着马车，生气地唱：母鸡，咯咯，套着缰绳，拉着马和小猪进城。

山羊·卷心菜坐在小山坡上，看到母鸡·鸡蛋、马·马和小猪·尾巴的小车队走在路上。

"嘿！"山羊·卷心菜咩咩叫着，"马·马，你这是要进城呀！你怎么不把我和母鸡、小猪一起带进城呀？"

马·马说道："我只是驾车的，母鸡才是拉车的。"

"哦，看起来确实是这样，不过你得做点什么来证明一下呀！"话音刚落，山羊·卷心菜就爬上了马车。

母鸡·鸡蛋更生气了，它拉着马车气鼓鼓地唱着：母鸡，咯咯，套着缰绳，拉着马、小猪和山羊进城。接着，它们在桥边遇见了一头奶牛。奶牛看着它们哈哈大笑，笑得前仰后合，结果一不小心，"扑通"一声跌进了河。

母鸡·鸡蛋走到奶牛面前问道："你在笑什么呀？"

奶牛·朱顶红大笑着说："母鸡拉马车！这是谁的好主意？"

这时，拉着马、小猪和山羊的母鸡·鸡蛋已经累得不行了，它脱下缰绳，拍打着翅膀飞上马车，伤心地说道："马·马，你来拉车吧，我实在拉不动了。"话音刚落，它就昏倒在了小猪和山羊中间。

这下，大家可顾不上坐车了，你来推，我来拉，急急忙忙送母鸡进城。

一定要把它救醒呀！

## 小小姑娘

从前有一个小小人儿，
她的个子很袖珍，
她是一个小小姑娘，
小得让人无法想象。

小小姑娘住在"耳朵"里，
其实那是一个长得像耳朵的蘑菇，
鹿花菌是"耳朵蘑菇"真正的名字，
它是一种奇特的生物。

这个蘑菇中有五十五个洞，
五十五个洞里又有五十五个洞，
五十五个洞里的五十五个洞里还有一百个洞。

有一天，
小小姑娘犯了难：
"蘑菇屋里洞很多，我喜欢的却没几个。"
现在就出发，寻找新的家。

## 小小人老爷爷和纽扣

小小人老爷爷找到了一颗纽扣，
他用绳子把纽扣绑在一朵花上，
嗖，嗖，嗖，
在上面荡秋千，
荡啊荡。

他荡到这里，
荡到那里，
荡来又荡去。

一阵疾风掀起，
慌慌张张，
从秋千下钻过去。

风吹到这里，
风吹到那里，
吹来又吹去。

云朵在空中聚集，
慌慌张张，
下起了雨。

雨下到这里，
雨下到那里，
下来又下去。

小小人老爷爷不喜欢淋雨，
慌慌张张，
摔了一身泥。

小小人老爷爷拿起一枚花蕾，
把它和纽扣缝在了一起。
我们现在就要结束这个故事，
因为已经看不到雨滴。

## 小小人老爷爷的帽子

有一次，
小小人老爷爷从神奇商店
　买了一顶帽子，
从帽子里跳出一只兔子，
一只兔子又一只兔子往外跳，
兔子还戴着礼帽。
从每一只兔子的帽子里，
小小人老爷爷又看到
　新的兔子往外跳。
你猜猜看，
最后一只兔子什么时候才会出现？
一只又一只，绵绵不断！

## 锅和土豆

"我汗流浃背，
翻滚冒泡，
我会像烟花那样刺刺地叫。"
锅说道。
然后提起了自己的帽子，
刺刺——

"我沸腾燃烧，
吹着口哨，
我会口水直冒，
会哇哇大叫，
也会生气吵闹。"
锅说道。
然后提起了自己的帽子，
刺刺——

"哎哟，哎哟，
我们热情似火，
这里跳跳，
那里跑跑，
忙得鞋子着火。"
土豆又嚷又叫，

咣当，乓乓，
跳起舞蹈，
"跳啊跳，跑啊跑，
我们就要这样热闹。"

## 蛇的把戏

一条蛇遇见了一条
　　和自己长得很像的蛇，
就像自己的孪生兄弟。
蛇"仁慈"地拍了拍"孪生兄弟"，
大口大口地吃了起来，
要把它吞进肚子里。
"孪生兄弟"也"仁慈"地拍了拍这条蛇，
然后同样大口大口地吃了起来，
要把它吞进肚子里。

两条蛇都想让对方
　　住在自己的肚子里。

## 会作诗的蚯蚓

从前有一条蚯蚓，
它是一条会作诗的蚯蚓。
一天，它变成了两段。
"没事，现在我们是两条蚯蚓，
这样反而更加方便。
我们可以组团，作出更押韵的诗。"
这条会作诗的蚯蚓告诉自己。

## 毛线帽先生

毛线帽先生
　　是一个魔法师。
他大喊一声："啊哈！"
接着跺了一下地面，
魔法开始上演：
葡萄干啦，
草莓啦，
苹果啦，
土豆啦，
胡萝卜啦，
香肠啦，
还有一位公主，
都变了出来。

有一次，
毛线帽先生走在街上，
大喊一声："啊哈！"
接着跺了一下地面，
他骑到一辆摩托车上面，
想要用魔法把它发动起来。

这是毛线帽先生
　　做的最大的错事。

马达啦，
螺母啦，
脚踏板啦，
变速器啦，
油门啦，
完全不听魔法的话。
机器，
有自己的意志。

毛线帽先生

　　骑着摩托车来到了火车站。

他大喊一声："啊哈！"

接着跺了一下脚踏板，

这时，火车朝着毛线帽先生开了过来！

"天哪，怎么办！"

毛线帽先生大喊，

"还好，我是一个魔法师！"

他大喊一声，"啊哈！"

你猜最后发生了什么事？

## 蜥蜴姐妹的"咝咝语"

从前有一只蜥蜴叫思思，它有个妹妹叫丽思。两姐妹长得一模一样，个性也一模一样，这样的姐妹在蜥蜴家族里是很少见的，因为蜥蜴姐妹通常是一只有两条尾巴，另一只没有尾巴。

蜥蜴思思常会问一些让人听了就挠头的怪问题，而且它居然分不清自己和妹妹！每当思思遇见丽思，总会疑惑地问："你是思思还是丽思？我又是谁呢？"

丽思会耐心地回答："我是丽思，你是我的姐姐思思。"

思思经常问这种问题，是因为它不知道还能和妹妹聊些什么。蜥蜴语里的词汇少得可怜。你们知道吗？蜥蜴只会讲一点点"咝咝语"。

有时候，思思还会问妹妹："你要回你的家吗？我要回我的家吗？还是我们要去对方的家？"

在这个问题上，思思和丽思总是出错，因为它们住在看上去一模一样的石头洞里，并且还是邻居。它们总是分不清哪个才是自己的家。

后来，一只青蛙听完蜥蜴姐妹的对话，不耐烦地说道："我今天已经听到三对蜥蜴聊同样的内容啦，别再咝咝叫啦！"

可是，每天晚上，青蛙自己不也呱呱叫吗？

# 6

## 偏　见

有一个人叫福特，
他想成为贵族老爷，
他用一只眼看世界。

有一个贵族老爷，
他想成为福特，
他用一只眼看世界。

# 土 豆

在一个非常寒冷的日子里，地窖里的土豆缩在袋子里冻得发抖，直打哆嗦。有一个土豆说话了，它是当中最小的一个："我要被冻坏啦！"

"嘘，别说了，"其他土豆说，"你看起来还很正常，不能把冻坏了的事情说出来，千万不能说，要不然就不会有人来把我们买走了！"

这些土豆一声不吭地等了很久。

最小的那个土豆又开口了，它已经被冻坏了。"哎哟，"它软弱无力地说，"哎哟，我已经烂了……"

"哎哟，"其他土豆也哀号起来，"哎哟。"不过，它们还是互相安慰道，"宝贝，没事的。"说完，它们继续等着来买土豆的人。

又过了很久，终于，土豆被人买走了，女主人把它们倒到大锅里煮。

"呀，"女主人说，"它们都已经坏了！"于是，女主人把土豆扔进了堆肥桶。

堆肥桶里的土豆变酸了，它们开始不停地吵架，不过，有一件事许多土豆都认同：所有这一切都是那个小土豆的错。

小土豆，你觉得它们的想法有没有错？

## 长舌男的舌头

长舌男的舌头
　从嘴里逃脱，
去世界各地周游。
它没什么好话可说，
那些无聊的八卦
　却说也说不够！

## "啊"的一声叫

"啊"的一声叫，
奇怪的现象发生了：
神仙变精灵，
天使变恶魔，
弃儿变宠儿，
什么都反转了。
他们站在路中央，
一脸的疑惑，
刚才发生了什么？

## 蘑蘑菌

蘑蘑菌家族
　流行穿借来的衣服：
从牛肝菌那里借一件外套，
从小牛肝菌那里借一顶礼帽。
如果这不是人云亦云，
那可能不存在什么"蘑蘑菌"，
只有牛肝菌。

## 冷冻鹅

冷冻鹅，

在解冻之后复活。

它从箱子里跳了出来，

穿上博士的鞋子四处摇摆。

它穿过一条条马路，

念起了手里的书，

那是安徒生创造的童话国度。

## 到此一游

伦敦的雾飘到了芬兰的赫尔辛基，

它想要立刻被采访播报，

讲述关于天气的事情。

"我不习惯这样的天气。"

说完，

它开始往伦敦走。

它乘电梯来到五楼，

五点的下午茶真是一种享受。

## 可怜的苹果收成

苹果虫小嘴一噘：
“住房紧缺。”

## 牛顿的苹果

一颗苹果从树上掉下来，
住在里面的苹果虫大喊：
“好快的速度！好大的苹果！”
听到苹果虫的喊声，
坐在树下的男人大声说：
“好一个无处不在的重力，
好一个万有引力！”
他吃掉了这颗苹果，
他的发现具有重大意义，
让全世界惊讶不已。

## 一寸虫的长度

尺蠖在嘀咕：
“我还有一个名字——
一寸虫，也就是一寸长的虫子，
那我究竟有多长？我得搞清楚。”
它拿出尺子测量了自己的身体：
二又二分之一英寸*，这是个刚刚好的长度！

* 二又二分之一英寸约等于六厘米。——编者注

## 电工钓鱼的故事

一条电鳗的身体缠在了一块，
正在钓鱼的电工大喊：
"瞧啊！它变成了一个电源！
谁来帮个忙，
给我一把螺丝刀、一个电阻表，
当然，钳子也不能少！"

一条河鲈游了过来：
"帮什么忙？我可以直接把它吃掉！"
它张开大嘴，
一口把电鳗吞下肚，
然后变成了烤河鲈！

## 水妖的地图

水妖一直沿着浪花行走。
每个星期六，
水妖会得到一张水做的地图。
它拿着地图，
寻找通往星期天的路。

## 鲱鱼和莳萝

冰岛的鲱鱼

　　在海洋里游来游去。

鲱鱼举起帽子向鲸鱼致敬，

向黍鲱说"嘿"，

见到金枪鱼，

立刻睁大了眼睛。

鲱鱼游了几海里，

吞吐了许多海水，

变咸了好几倍，

咸鲱鱼成了它的新名字。

咸鲱鱼和莳萝一起

　　躺在饭桌上"参加"宴会。

## 碱渍鱼

芬兰中部，

有一条新鲜的碱渍鱼，

它是一条爱生病的鱼。

当它头疼了，它想变成湖拟鲤。

当它感冒了，它想变成白梭吻鲈。

当它开始嫉妒，它想变成江鳕鱼。

当它耳朵疼了，或者嘴疼了，

它想变成赤睛鱼，或者任何一种鱼，

只要不是新鲜的碱渍鱼。

## 秘　密

有一个秘密间谍，
亚历山大是他的名字，
他的秘密代号是火蜥蜴，
他的衣服里藏着秘密。
他会藏在秘密基地，
有时藏身多日，有时暂时躲避。
他神秘地微笑，
默默地思考。
他有一把秘密钥匙，
能打开所有的秘密！

## 棕色男士

从前有一位棕色男士，
披着棕色外套，
戴着棕色礼帽，
穿着棕色袜子，
长着棕色发丝，
嘴里有五颗棕色牙齿。
他的棕色梳子，
断了五根梳齿。
他赶着棕色的羊羔，
在棕色的山上奔驰。

## 国富兵强

国富兵强、
强兵富国，
这两个词
　　正着读，
反着读，
从左往右读，
从右往左读，
它们的意思
　　如此相似。
文字的顺序
　　原来这么有趣！

## 魔术师哈姆利叔叔

不要惹怒
　　魔术师哈姆利叔叔！
他不会骂你、呵斥你，
也不会指责你，
但是你不可以
　　惹他生气！
他不会对你做坏事，
也不会对你施法术，
但是只要惹他发怒，
他就会把你
　　装到他的帽子里。

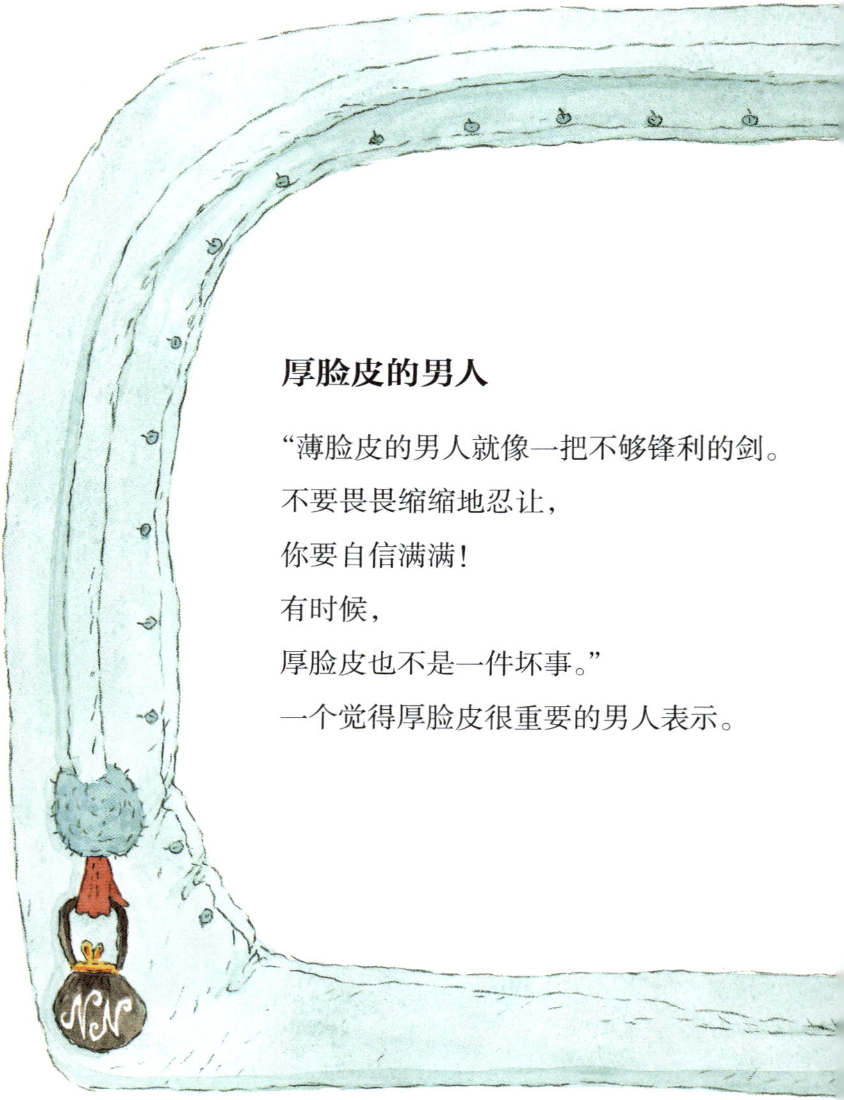

### 厚脸皮的男人

"薄脸皮的男人就像一把不够锋利的剑。

不要畏畏缩缩地忍让，

你要自信满满！

有时候，

厚脸皮也不是一件坏事。"

一个觉得厚脸皮很重要的男人表示。

## 不不小姐

不不小姐说：
"我不要，不要，不要！"
然后她什么话都没有再说，
就消失在了路的转角。

不不小姐不想让你找到，
她赶紧藏好。
虽然看不见，
但是你知道
她就躲在角落里，
对你做鬼脸！

## 海象·豚鼠·小汽车

海象和豚鼠坐上小汽车，
它们想要去旅行。
刹车突然失灵，
小汽车从路上滑了出去，
海象和豚鼠被摔得失去了记忆。
小汽车里的海象和豚鼠，
怎么也想不出，
自己坐着小汽车
到底要去哪里。

翻到沟里的小汽车也失去了记忆：
"除了翻车这件事，
我什么也记不清，
不管怎么动脑筋，
就是什么都想不起。"

## 纪念品

从前，
有一个人热爱旅行，
他周游世界各地，
收集各种纪念品。
他从因纽特人手里，
买了北极点，
还有一根钓竿，
他用这两样东西，
钓到了刚睡醒的旭日。

## 百货大楼

你认识蘑菇兄弟吗？

他们会咔嗒咔嗒地讲话，

歪歪扭扭地走路，

上上下下地跳来跳去。

他们来到百货大楼，

没有在门口停留，

径直走到里面找一顶帽子、

一件外套、燕尾服，

或者派克大衣。

突然间，他们又会去找新的东西，

比如一个睡袋

　　或者一个鸟笼。


现在赶快退出来，

别再玩电脑游戏，

快点回去。

不需要鸟笼，

不需要睡袋，

不需要派克大衣、燕尾服或外套，

也不需要帽子。

## 看电视的人

从前有一位男士

　　一直盯着电视，

他这也看那也看，

不论黑夜还是白天。

他不吃也不喝，

没有正常的生活，

只是盯着电视，

目光都舍不得挪。

现在他的体重

　　和他衣服的重量差不多，

他的头脑空空，

里面除了电视没有任何内容。

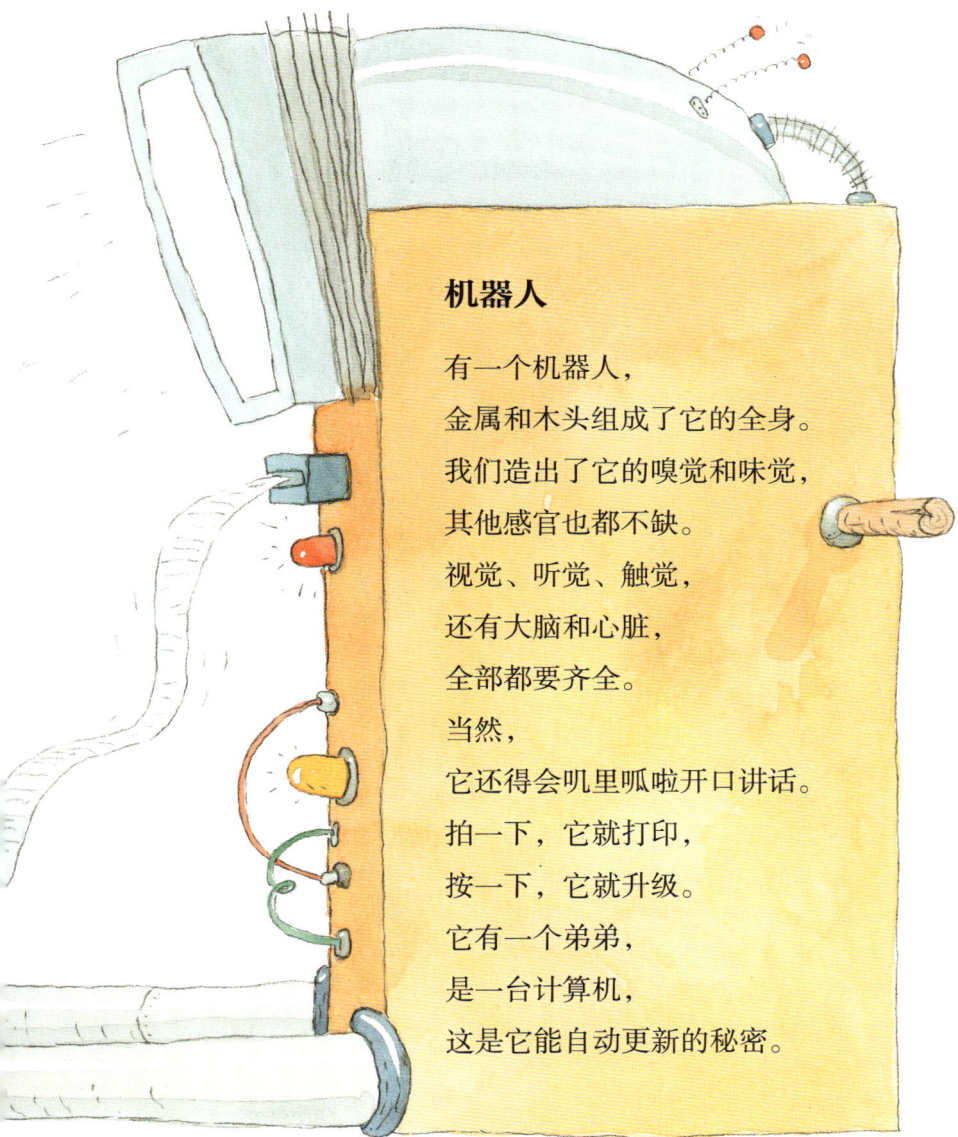

## 机器人

有一个机器人，
金属和木头组成了它的全身。
我们造出了它的嗅觉和味觉，
其他感官也都不缺。
视觉、听觉、触觉，
还有大脑和心脏，
全部都要齐全。
当然，
它还得会叽里呱啦开口讲话。
拍一下，它就打印，
按一下，它就升级。
它有一个弟弟，
是一台计算机，
这是它能自动更新的秘密。

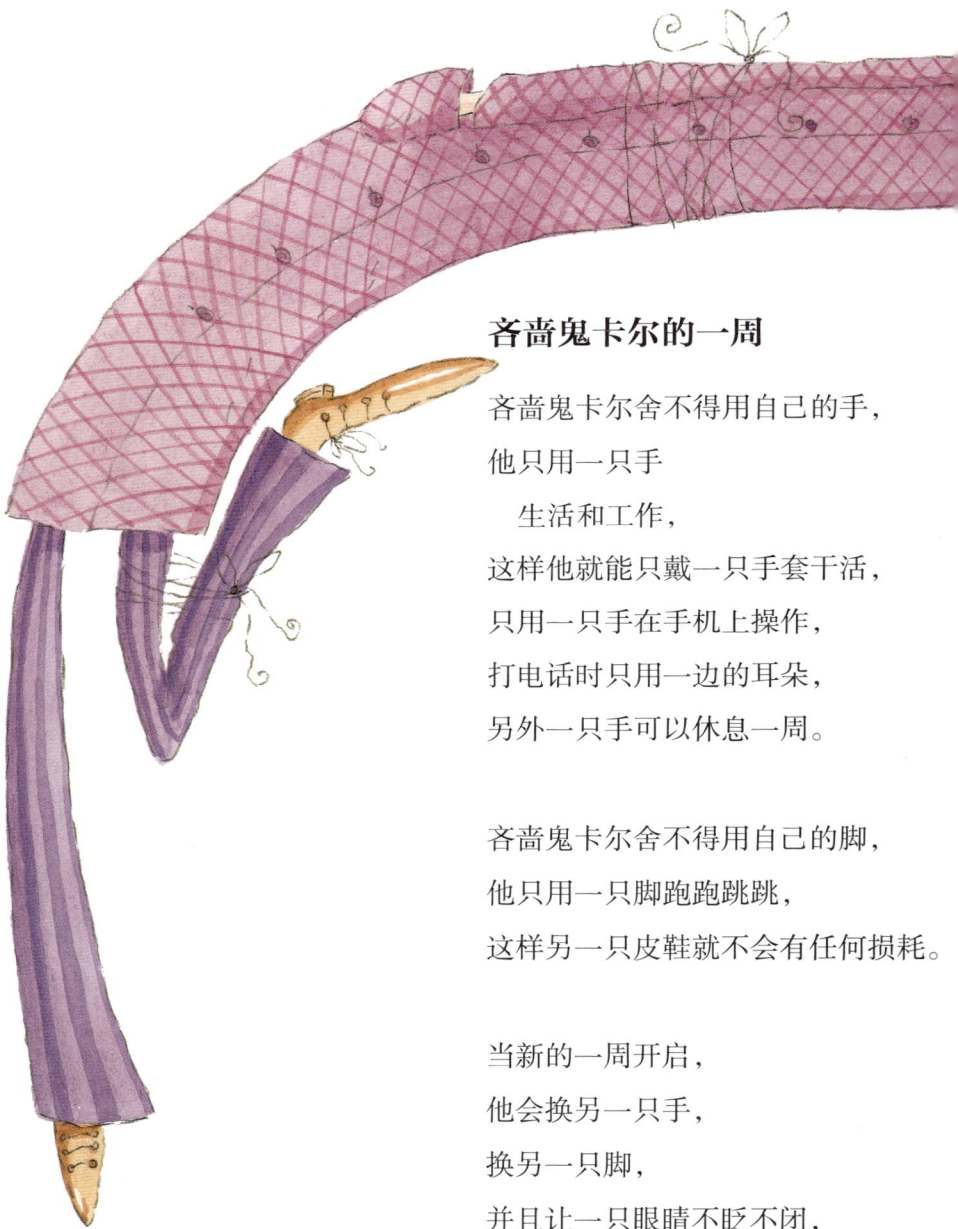

## 吝啬鬼卡尔的一周

吝啬鬼卡尔舍不得用自己的手，
他只用一只手
　　生活和工作，
这样他就能只戴一只手套干活，
只用一只手在手机上操作，
打电话时只用一边的耳朵，
另外一只手可以休息一周。

吝啬鬼卡尔舍不得用自己的脚，
他只用一只脚跑跑跳跳，
这样另一只皮鞋就不会有任何损耗。

当新的一周开启，
他会换另一只手，
换另一只脚，
并且让一只眼睛不眨不闭，
工作一整个星期。

## 火绒袋

如果火绒袋里有燧石和钢条，
拿着它们相互击打碰撞，
再让迸发的火星靠在火绒近旁，
就能燃起小小的火苗。
小小的火苗就像一只火红的公鸡，
它已经拉长了脖子，
想要高声歌唱！

火红的公鸡，
火苗做的脑袋和心脏，
浑身充满了能量。

火绒袋真是个宝藏！
火星变火苗，
烧得真旺！

## 小妮子塔塔的竹马

道路右边有一个半圆形的大院，
那里住着小妮子塔塔。
她家的桌上放着一个竹马，
好像一根木棍插着一些树杈。
她家的门口放着一个竹马，
它好像被吃掉了一半。
她家的客厅也放着一个竹马，
它其实是一把扫把。
小妮子塔塔骑着扫把飞上了天。
哎哟哟，没有人允许你起飞啊！

# 小妮子塔塔的日记

一百零五岁的生日来到，
一天不差刚刚好。

一早醒来，
我向窗外远眺，
看到邻居在给一只羊毛打结的羊梳毛。

路上有两只愁眉苦脸的小猪哼哼叫，
唱着关于海鸥和野鸭的歌谣。

三只小鸡翅膀还没长好，
跟在小猪身后，走得轻手轻脚。

小鸡以为小猪的尾巴是蚯蚓，
于是叽叽大叫：
"看那里呀！谁还没吃饱？"

晚上，
桑拿浴的时间到，
可是炉子没烧好，
呛人的烟直往外冒，
熏得我流着眼泪赶忙逃。

我逃啊逃，
往草地上跑，
被自己的滑稽动作逗笑。
我在草地上笑呀笑，
一直笑到大清早。

## 老鼠的唉声叹气

我的孩子
　真让人生气。
它们不愿意睡觉，
更喜欢看电脑，
什么网页都想瞧，
看起来就没完没了。

唉，我的小老鼠啊，
可怎么是好？

唉，小米奇、小尼奇、
小迪奇、小皮奇和小维奇！
它们一定是被困在了哪里，
迷了路，吱吱叫：
"我们在哪里，在哪里？"

小米奇在哪里？小尼奇在哪里？
小迪奇、小皮奇和小维奇，
你们都去了哪里？
你们又被什么吸引？
你们又对什么着迷？
你们又为什么兴奋不已？
吱，吱。

咔嗒咔嗒，鼠标还在不停点击。

# 7

## 简　单

有一件简单的事情，
我们都非常熟悉：
所有的故事都以"从前"开始。
故事的大幕就这样开启，
从来都不会有重复的故事。

## 皮特的长颈鹿

从前有一个名叫皮特的小男孩，他的房间有四个角落。一天早上，房间的每个角落都出现了一只长颈鹿。

皮特对它们说："早上好。"长颈鹿也对皮特说："早上好。"它们很懂礼貌。

皮特问："你们在角落里干什么呀？"长颈鹿回答："可以让我们在暖气旁暖脚吗？这里好冷啊！"

"当然可以啊，"皮特说，"不过，我要去吃早餐了。"

三只长颈鹿走到暖气旁取暖，另一只名叫"缩颈鹿"的长颈鹿则跟着皮特一起去吃早餐。

缩颈鹿一出房门，个子突然缩小了好多，小到能塞进皮特的衣服口袋。缩颈鹿站在皮特的盘子旁，开心地喝起了它最喜欢的燕麦粥。

皮特喝完燕麦粥回到房间，对正在暖脚的三只长颈鹿说："你们做什么都可以，不过，我要去散步了。"两只长颈鹿留下来继续取暖，缩颈鹿还守在粥碗旁，而一只叫"橘颈鹿"的长颈鹿跟着皮特一起出门了。

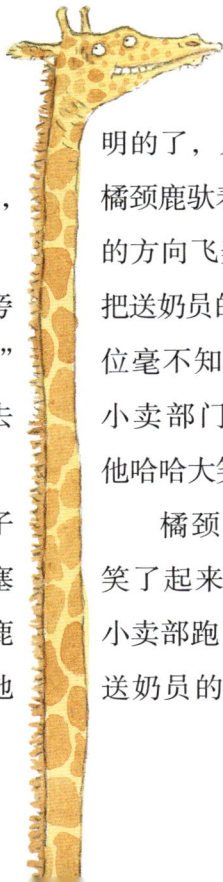

橘颈鹿一踏出大门，就变成透明的了，只有皮特能看到它。橘颈鹿驮着皮特，朝附近小镇的方向飞奔。它跑得太快了，把送奶员的帽子都掀飞了。这位毫不知情的送奶员正坐在小卖部门口的凳子上休息，他哈哈大笑："风好大呀！"

橘颈鹿和皮特也哈哈大笑了起来。接着，他们绕着小卖部跑了三圈，每绕一圈，送奶员的帽子就会掉下来一次，每一次他都哈哈大笑："风真的好大呀！"停下来后，橘颈鹿和皮特喝起了橘子汽水。橘颈鹿咕噜咕噜地把橘子汽水灌进了它那长长的脖子："太美味了，是橘子的味道！"

下午，皮特回到房间，对还在暖脚的两只长颈鹿说："你们做什么都可以，不过，我要去做点有意思的事了。"一只长颈鹿继续取暖，缩颈鹿还留在粥碗旁，橘颈鹿则留在了小卖部，另一只长颈鹿跟着皮特出去玩了，它的名字就叫"长颈鹿"。

一踏入花园，长颈鹿一下子变成了一棵大树。皮特爬上大树，变成了一只小鸟，不过他是一只特别的小鸟，比起飞翔，他更喜欢待在树

上。长颈鹿觉得变成大树很好玩，因为它喜欢小鸟，尤其是皮特变成的小鸟。

晚上，皮特回到房间对那只仍在暖脚的长颈鹿说："你做什么都可以，不过，我要去睡觉了。"

这只长颈鹿对皮特道了一声"晚安"，它很懂礼貌。"我的脚已经暖和了，我也可以睡觉了。"说完，这只长颈鹿回到角落，关上灯，然后为皮特哼起了摇篮曲。它和皮特做了同样的梦，在梦里，它告诉皮特，其实四只长颈鹿是同一只长颈鹿变出来的。长颈鹿有分身术，可以在不同的时空做不同的事情。

长颈鹿还告诉皮特，可惜的是，有些人不相信有这种长颈鹿，他们是斑马的拥护者。

## 想　法

为什么我叫作"我"，
不可以是别的词？
为什么你叫作"你"，
不可以是别的词？
人类的称呼真稀奇！
你和我
　　是朋友，
我们可以有新的名字。

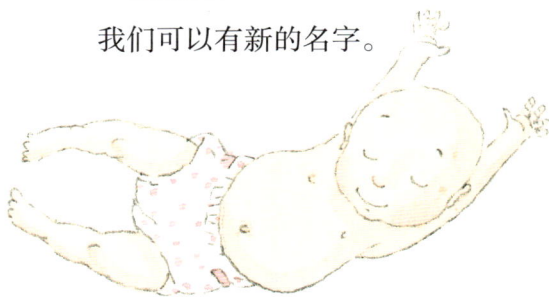

## 雨伞的话

小小的马里奥，
下雨的时候请把雨伞忘掉，
至少有那么一次，
请把雨伞忘掉。

不要举着我
　东奔西跑。
如果你从来没有
　在雨夹雪中蹦蹦跳跳，
如果你从来没有
　让雨滴轻吻过你的额头，
更没有
　让风在你的脸颊旁呼啸，
那你还不懂下雨天是多么美妙！
你甚至不知道，
当雨滴飘落，
地球、天空，
还有天空下的你和我，
这个雨中的王国
　是多么美好。
所以，小小的马里奥，

请把雨伞忘掉，
至少有那么一次，
请把雨伞忘掉。

## 每时每刻

傍晚的餐桌旁，

五点的钟声敲响。

第二个人已经睡着，

第三根树杈上传来咕咕叫，

第四朵蘑菇被采下来放进竹筐，

第五个人的睡意突然溜掉。

时钟已经敲响，

我就坐在餐桌旁。

还有谁已经睡着？

还有谁在树杈上咕咕叫？

每时每刻，不管是什么情况，

时钟都会准时敲。

还有谁把蘑菇采下来放进竹筐？

还有谁的睡意突然溜掉？

## 住了一百个小孩的房子

这栋房子不得了，

噼里啪啦，吵吵闹闹，

有一百个小孩在里面奔跑。

一个小孩咳嗽，

就能引起咳嗽的海啸——

所有的小孩都开始咳嗽，

受不了，这可怎么办才好，

整栋房子地动山摇。

这栋房子不得了，

沙沙沙，呼呼呼，

有一百个小孩在里面睡觉。

一个小孩打呼噜，

就能引起呼噜的浪潮——

所有的小孩都开始打呼噜，

受不了，这可怎么办才好，

整栋房子沸腾喧闹。

## 玛莉亚的迷路游戏

我进入森林，沿着小路行走，
反穿着衣服，
让扣子跑到背后。

我假装迷了路，
绕着圈来回走，
连树木也忍不住跟着我
　　从左转到右。

我和小路一起玩捉迷藏，
我可不能输，
不知过了多久，
我真的把自己弄丢。

不论我如何大声呼救：
"我认输，你快出来吧，小路！"
小路都没有出现在视野里头！

我心里很难受，
我号啕大哭，
害怕再也无法找到小路！

我重新穿好衣服，
又把眼睛揉了揉，
小路、院子和家里的大门口
　　居然就在前头。

一张寄给我的明信片
　　静静地躺在邮箱里：
是谁寄的，是从哪里寄来的，
你能不能猜出？
我迷路了，
刚刚才找到回家的路。

# 玛莉亚的森林探险故事

一个名叫玛莉亚的小女孩

讲述自己在森林里遇见一棵树的故事：

"森林里的一棵树径直朝我跑来，

它一点都没有想要避开，

树枝砸中了我的脑袋，

我的头发和树枝缠在了一块。"

玛莉亚在探险时，

还弄丢了自己的嘴巴和鼻子：

"当时，我放声大喊，

结果嘴巴跑到了脸颊的一边，

鼻孔也想要离开，

最后整个鼻子都消失不见。"

玛莉亚讲完了她的故事。

"呼"的一声，她吹了一口气，

嘴巴就回到了原来的位置。

"哼"的一声，她吸了一口气，

找回了自己的小鼻子。

## 莉苏佳和鞋子

有一次，小女孩莉苏佳发现了一口魔井。魔井边躺着一只旧鞋子。这只鞋子张着大大的"嘴巴"——它实在太破旧了，鞋面和鞋底都分了家。莉苏佳瞧了瞧鞋子的"嘴巴"，里面还有"牙齿"呢！那是些生锈的鞋钉，已经不剩几颗了。

莉苏佳问鞋子："你不会咬我吧？你长得很像我见过的一条白斑狗鱼。那条白斑狗鱼不仅用尾巴打我，甚至还想咬我，差点把我给吞下肚。"她接着问，"你相信吗？一条白斑狗鱼想把我吃掉。"

鞋子问："那你是怎么脱险的呢？"

"我逃到了这里，这是一口魔井，它可以保护我。哦，你或许想知道我的名字，我叫莉苏佳。你不是白斑狗鱼，所以你不会咬我，对吧？"说完，莉苏佳小心翼翼地瞧了一眼鞋子的"嘴巴"，她不敢把自己的鼻子靠得太近。

"真希望自己是一条白斑狗鱼啊，"鞋子叹了口气说，"但我只是一只旧鞋子。如果我是一条白斑狗鱼的话，你猜我会怎么样？"

莉苏佳很好奇："怎么样？"

"我会游到美国去，"鞋子告诉莉苏佳，"因为我的朋友去了美国。"

"你是说，你的朋友是一条白斑狗鱼？它游到美国去了？"莉苏佳真是个非常爱提问的女孩。

"它不是一条鱼，而是另外一只鞋子。"鞋子有些不高兴地说，"你懂了吗？"

莉苏佳不解地问："我懂

了什么呀？"

鞋子说："另外一只鞋子跳进了这口井，它大喊一声：'现在就出发吧！'然后就横穿地球去了美国，去了世界的另一端！"

"哦，"没错，莉苏佳说，"这是一口魔井，通往世界的另一端，你说得没错。"

莉苏佳把鞋子抱入怀中，轻轻地拍着、安慰着它，就像妈妈哄自己的宝宝那样。

鞋子喃喃地说："我在想那只在美国的鞋子，它那里一定有一口同样的魔井，它正在那里等着我。"

"是啊，它在那里等你呢。"莉苏佳抱着鞋子轻轻地摇着，"魔井连着美国，去美

国的路程很长。"

"路程的确很长。"鞋子低声说道。

"那边的井口也会盖着和这边一样的井盖，"莉苏佳继续说道，"那边的井叫魔井二号，那边的鞋子叫鞋子二号。"

"我一想到这个就会头晕。"鞋子有气无力地说着，"你想去那里吗？"莉苏佳还没来得及回答，鞋子就继续说道，"我想，那里应该也有一个女孩，叫莉苏佳二号，她现在正和鞋子二号坐在一起，他们俩都很开心，对吧？"

"对的，他俩都很开心。"

鞋子笑了起来："然后，鞋子二号不再等我了，它开心地和莉苏佳二号一起走了，去她家玩，在那里唱古老的

《鞋子之歌》。"

这时，莉苏佳问鞋子："那你愿意和我一起回家吗？"

"我愿意，"鞋子回答，"不过，我是一只旧得不能再旧的鞋子，我只会唱《鞋子之歌》，我没有什么价值。"

"你说什么？"

"鞋子穿久了就会变得破旧，也就没有什么价值了。"鞋子回答道，"我是一只没有价值的鞋子，我对你来说没什么用处。"

"可是，你能给我唱古老的《鞋子之歌》啊！"

"我是一只鞋子，"鞋子说，"鞋子只有被穿在脚上才会感到幸福。"

莉苏佳说："我一想到这个就会头晕！"

"我也是。"鞋子说，"你觉得我还有价值吗？"

莉苏佳把鞋子套在脚上，绕着魔井走了好几圈。鞋子感到很幸福，它唱起了古老的《鞋子之歌》：

踢踢踏踏，吧嗒吧嗒，
鞋子不会停下步伐。
前前后后，仔细检查，
做好准备随时出发……

不过，鞋子的尺寸对莉苏佳来说太大了，所以鞋子在唱歌时加了一些新的歌词，它唱着唱着，嘴里时不时就会发出"哐哐"和"吧嗒吧嗒"的声音。

莉苏佳和鞋子躺在魔井旁边，想着远在美国的莉苏佳二号和鞋子二号——他们会不会想出这么好玩的游戏呢？

"我知道，他们肯定玩得很开心。"鞋子说道。

"我也这样认为。"

# 8

## 盒 子

盒子套着盒子套着盒子，
事情就是如此。
什么意思？
意思就是盒子里面还有盒子。

## 折 尺

我想要伸得更长，
哪怕长一厘米或者两厘米，
只要能伸得更长，
再长一点就可以。

因为我有一个梦想：
去某个地方
　探秘，
不管那里有多么不可思议。

## 嘀嗒嘀嗒

转动着的时钟说道：
"每一秒都是时间的宝宝，
每一声嘀嗒都很重要。"

时钟一刻不停，
秒针不断前行，
每一声嘀嗒都有它的使命。

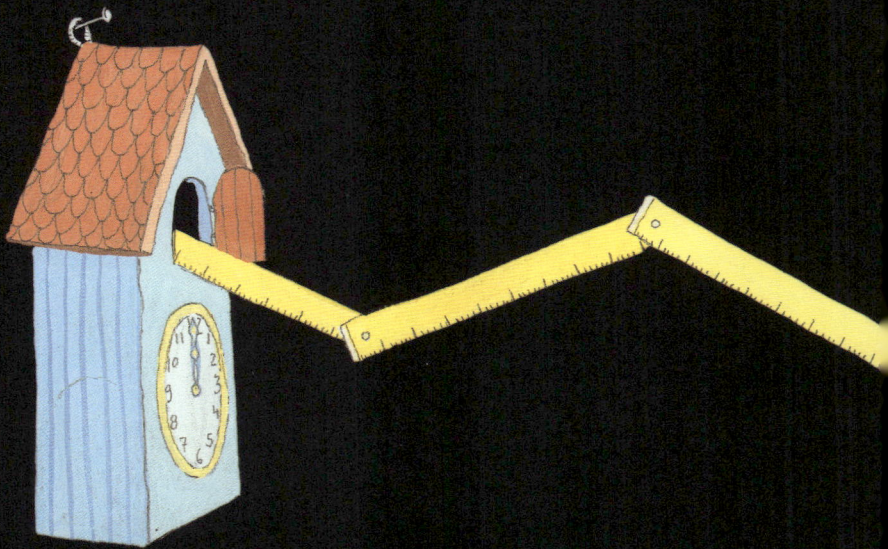

## 夜 晚

"每到夜晚，我都会害怕，
因为我会挨骂。
我不会懈怠毫分，
就算夜幕笼罩，
可房子里的人
都想睡觉……"

布谷鸟报时钟还没说完话，
就"布谷布谷"地开始叫。

## 钥 匙

有钥匙，没有锁。
有锁，没有门。
有门，没有房。
有房，没有门。
有门，没有锁。
有锁，没有钥匙。

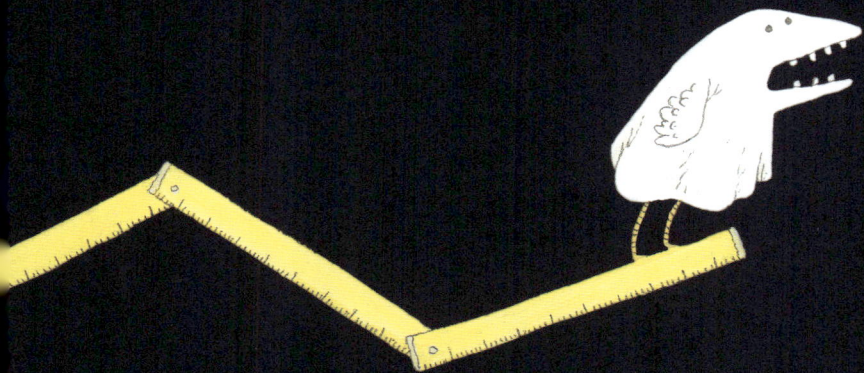

## 椅子和桌子

从前有一把椅子，
它饿得差点晕过去，
因为它竭尽全力也碰不到桌子。
"椅子有时就是这个样子，
别人的餐食它总是想吃。"
桌子对椅子有些嫌弃。
椅子还没来得及咬一口美食，
桌子便迈开大步飞奔而去。

## 皮手套

玩具狼身上
　穿着一件皮外套，
现在被做成了
　一双皮手套。
吮吸着拇指的小宝宝
　吓了一跳，
他想要知道：
皮外套
　怎么会变成这样？

## 孤独的鞋子

一只孤独的鞋子
　被遗忘在公园里，
它坐在长凳上，
陷入那段美好的回忆：
一个高个子的男人穿着它散步，
男人的袜子
　破了一个大洞，一直没有补。

## 被遗忘的雨伞

老太太的雨伞
　稀里糊涂地找不见。
什么时候丢的？
丢在了哪里？
落在了火车上还是汽车上？
忘在了货架上还是挂钩上？
该翻翻抽屉
　还是找找柜子？

它肯定静静地躺在某个地方。

它现在到底在什么地方？
你能在这个地方
　找到各种各样的物品，
还能在这里看见
　一个大大的牌子，
上面写着：

失物招领

## 问　题

椰头是用来干吗的?

苹果是用来干吗的?

椰头用来钉钉子，敲敲又打打;

苹果用来馋嘴巴，咬一口，吞下!

鞋子是用来干吗的?

房门是用来干吗的?

鞋子用来走路，啪嗒，啪嗒;

房门用来开关，瞧，谁来啦?

## 开心的汽车

"哈哈,"汽车大声喊,

"我很开心,

我的司机

　体重一百公斤,

喜欢跳健身操,

双脚很有力气。

有没有汽车的健身操?

踩油门,踩刹车,

打开转向灯,

转动方向盘,

推动排挡杆,

这就是我的专属健身操。"

## 荒唐三重奏

从前有一个巴松管，
只要有人把它拿起来吹奏，
它就立马逃走。
呃，这个巴松管脾气真臭！
警察抓住它说："排气故障，罚款！"
然后给它开了一张罚单。

双簧管对判罚不满，
要求警察重新查验。

"别付罚款，"
吉他开始演奏，
"赶快逃走！"

"这么做对吗？"警察说完，
把吉他也一起带走。

## 蚊子的歌

蚊子十分气恼，
它嗡嗡嗡地对电吉他抱怨：
"我的歌声也能够
　　和流行音乐一样美妙，
只要我也有
　　扬声器和节拍器就能办到！

## 手风琴、长笛和鼓

"喂，你是手风琴吗？"

喝醉的手风琴对着镜子里的自己问道。

叽里——咕噜——咦，

叽里——咕噜——啊！

手风琴拉起了它的风箱，

咕噜——呜噜——咦，

咕噜——呜噜——啊，

叽里——呜噜——咦，

声音好聒噪！

叽里——呜噜——啊，

呼呼呼，长笛也醉得站不住脚，

吹出的声音像风穿过隧道。

鼓也跑来凑热闹，

咚咚咚，隆隆隆。

"这是乐队要演奏摇滚吗？"

手风琴叽里咕噜地问道。

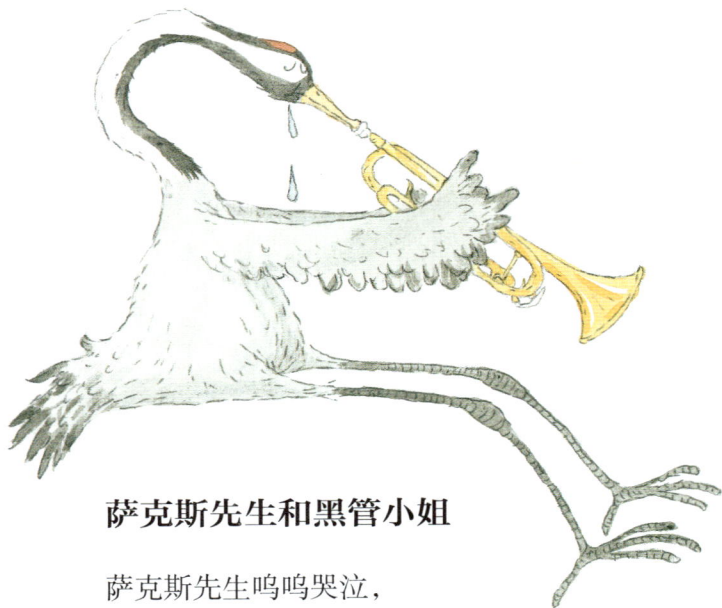

## 萨克斯先生和黑管小姐

萨克斯先生呜呜哭泣，
它爱上了黑管小姐：
"哦，我的小黑乌鸦！
让我们成双成对吧！"
黑管小姐拒绝了它的请求：
"我不要和你成双成对！
我不是你的小黑乌鸦！
我宁愿一个人唱歌。"
萨克斯先生伤心了，
呜呜呜，呜呜呜。

## 小 号

一只灰鹤很孤独，
它吹起小号，呜呜呜，
诉说自己的无助。
我的天，
这声音真是不一般！
那么有冲击力，
那么变化多端，
那么有金属的质感！
它在我的脑海中盘旋，
快要将我的心脏击穿，
小号一边哭一边喊！

# 9

## 月　球

月球每过一次生日
就上一次报纸。

## 长耳朵男孩

从前有一个小男孩，他长着长长的耳朵，能听到很细小、很遥远的声音。

小男孩整天坐在被太阳晒得暖洋洋的、芬芳扑鼻的草地上，竖起长长的耳朵，他能听到高空中鸟儿拍打翅膀的声响，能听到乌云何时开始下雨，能听到云朵撞到一起的时候会说些什么——它们总是会说："哎哟！"

小男孩的长耳朵不停地长啊长，当长耳朵撞到云朵，云朵连说好几声"哎哟"的时候，春天就到了，鸟儿开始忙着搭窝。无数的小鸟把窝搭在小男孩的耳朵上，每个夏天的下午，乌鸫会坐在小男孩的耳朵尖儿上唱歌。

小男孩去哪里，鸟儿的叽叽喳喳声和啁啾啁啾声也跟着去哪里，就这样，小男孩学会了鸟儿的语言。他听到了所有鸟妈妈给鸟宝宝讲的睡前故事，学会了所有鸟宝宝在离开它们自己的窝前需要学会的知识和技巧。

人们觉得小男孩很聪明，因为他总是面带微笑地模仿着鸟儿的语言，给大家讲述鸟儿的生活。

"可是，冬天就快来啦，"人们说，"那时小男孩可怎么办啊？鸟儿会离他而去，他的长耳朵也会冻僵的。"

"这个问题我在春天的时候就已经和小男孩讲过了，"一位邻居大爷说道，"但是他只顾听鸟儿的歌声，没有听我们的建议。"

当最后一对鸟儿带着鸟宝宝离开之后，小男孩并没有变得孤单。他卷起了自己的长耳朵，两只耳朵仿佛变成了两只贴在一起的大海螺，他把自己裹在耳朵里就好像住进了温暖的小房子。更美妙的是，在整个漫长的冬季，他的耳朵里都回放着鸟儿的歌声。就像海螺能记录海浪声一样，小男孩的长耳朵也能记录鸟儿的歌声。

大家觉得小男孩每天都很开心，他们在很远的地方就能听到他的声音，他总是面带微笑地唱着所有自己听过的歌，不过，人们也觉得小男孩有点奇怪，他唱的那些歌，他们完全无法理解。

当春天的第一对鸟儿出现在地平线上的时候，小男孩对大家说："赶快去草地上听鸟儿的音乐会吧！以前你们听到的只是我翻唱的歌，现在去听听真正的鸟儿之歌吧！

它们比我唱得动听得多！"

可人们仍然无法理解小男孩的想法，许多人还生气地噘起了嘴，他们对小男孩说："谁会为了听鸟儿唱歌而让自己的耳朵长那么长啊！"

小男孩没再多说什么，他只是回到了洋溢着芬芳的草地，静静地坐在那里，竖起自己的长耳朵。看，鸟儿飞来搭窝了！

## 春天的夜晚

当春天来临，

夜晚，

你会听到春天辛勤工作的声音。

它把天空翻了个面，

把温暖的一面给了你。

它让月光在它的长发间

　　无拘无束地奔跑。

当树枝发出轻微的声响，

就像小老鼠的嘴在不停地嚼，

你或许能够猜到：

嫩芽上的花苞在悄悄绽放。

正在舒展身体的叶子，

也准备在春天快快生长！

## 款冬花

款冬花绽开，

说明好事将会到来。


新鲜的叶子

　　给我们带来

　　重要消息：

冬天即将离开！

## 你喜欢什么？

我喜欢方方正正的东西、
金光闪闪的东西，
以及带有斑点的东西。
它们还有一个最大的优点：
谁都无法把它们装到口袋里。

它们到底是什么东西？
什么东西让小偷都无法装到口袋里？
方方正正的是稻田，
星星可以金光闪闪，
看，
还有它们身上美丽的斑点！

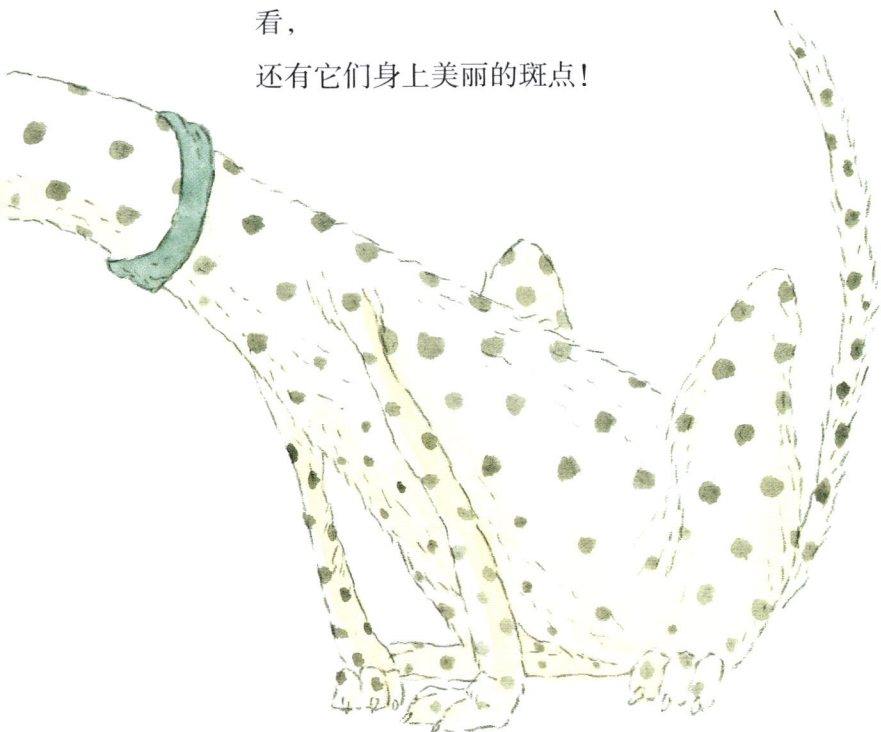

## 树

鸟儿在树叶间吹哨，
风儿在树梢上嬉闹，
树枝摇啊摇，好不热闹。
树说，这里是最安静的地方，
因为它能听到自己扑通扑通的心跳。

## 小鸟妈妈

小鸟妈妈生了一颗蛋，
后来又生了俩。
一颗蛋被贪吃的布谷鸟吃掉了，
一颗蛋被啄木鸟啄坏了，
最后一颗蛋被金黄鹂偷走了。
小鸟妈妈眼泪滴滴答答，
夏天就这样过去了，
它飞走了离了家。

124

## 快进的短片

你见到白鹡鸰了吗？

好像突然之间

白鹡鸰就消失了。

你见到大山雀了吗？

它的歌声是那么动听，

可是只听到那几次，

之后就听不见了。

夏天的日子就像一部快进的短片，

咔嚓，

换了场景。

一眨眼，

燕子的巢空了，

柳莺白白的肚皮看不到了。

夏天

就这样结束了。

## 夏天快到啦

一只田鹬在问话，
另一只田鹬来回答：
"喳喳，喳喳。"

一对喜鹊笑哈哈：
"我俩玩耍刚刚好，
不用你来做伴啦！"

第三只喜鹊告诉它们：
"快乐不需要很多人吧。"

紫翅椋鸟高声喊：
"快点，快点，别偷懒！
现在该去搭窝啦，
夏天的风就快到达！"

## 夜晚的极乐鸟

害羞的月亮红了脸颊轻笑，
森林深处，
猫头鹰唱起了咏叹调：
啊——喂——
歌声从天空的这一边传到另一边，
飞过山坳。
月亮穿上晚礼服，
夜晚的极乐鸟们，
跟着曲调翩翩起舞。

猫头鹰和月亮，
成了夜的王子和公主。

## 海　星

海星生活在海底，
千吨重的水就在头顶。
"这不是什么问题，"
海星表示，
"我有尖尖的手臂、
平平的身体，
一定可以顶住压力！"

## 大海的故事

听，海里的贝壳，
它在说什么？
一朵朵海浪
　　哗哗地拍打着，
充满了大海的喜悦，
也充满了大海的悲伤。

## 风的鼻子

你见过风的鼻子吗？
它这里呼呼，那里吸吸。
你见过暴风天气吗？
那是风在生气，
虽然我们看不到它的踪迹。

## 天气预报

当下起可怕的巫婆雨、
麋鹿屁屁雨、
斧头雨或刀子雨，
千万牢记，
别去亲吻雨滴！

# 定 义

豪猪说："是刺的感觉。"

水老鼠争论："是水的感觉。"

红隼嘀嘀咕咕："是风的感觉。"

云说："是乌云的感觉。"

这时，雨滴飘落，

至少水老鼠说得没错。

## 半个月亮

当月亮一半是黑色
　一半是白色，
它怎么没有裂开？
你会不会觉得奇怪？

不要担心了，
月亮不会裂开。
早上的阳光会淹没
　月亮的黑与白。

## 日偏食

太阳少了一半，

吓得哇哇大喊。

月亮瞥了一眼：

"大惊小怪，

我只挡住你一点点，

你就抱怨肚皮还没晒？

你看，这不是给你还留了一半？"

## 我家的风

当风从树林穿过，
当风被灌木丛卡住，不知所措，
当风的头发打结，乱得像鸡窝，
它就会发出嗡嗡的响声，
就像花朵里的蜜蜂。

风会突然在房子的角落里
　哐哐作响，
仿佛被困在了铁皮罐头里，
或是在烟囱里迷失了方向。

我家的房子响起了警报，
风的脚步声，
家里的所有人都能听到，
风，
在整栋房子里呼啸！

## 风之歌

风是用来干吗的？
歌是用来干吗的？
风是用来吹的；
歌是用来听的。

如果能让心跳
　不再那么吵闹，
你就能听到
　风唱出的曲调。

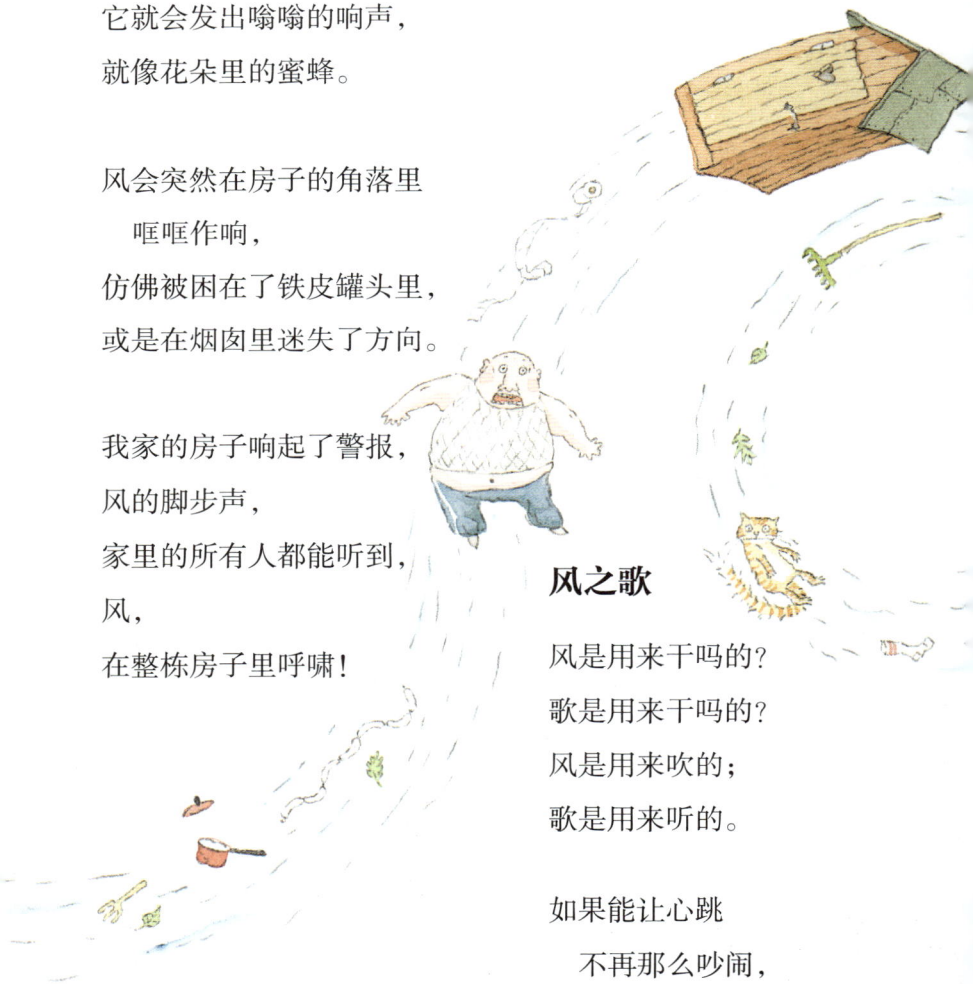

# 风

谁在外面拍打，搅得窗户不得安生？
那是风，
风只是在经过时犯了个小错，
忘记了要细语轻声。

谁在屋顶上制造呼呼的响动？
那是风，
风只是想让风向标投入工作，
开始随风转动。

谁在夜晚呜呜地倾诉苦痛？
那是风，
风只是路过角落，
把人们掉落的伤心吹到空中。

谁在寒冷的门外发出哭声？
那是风，
风只是想进来坐一坐，
暖暖身子，驱走寒冷。

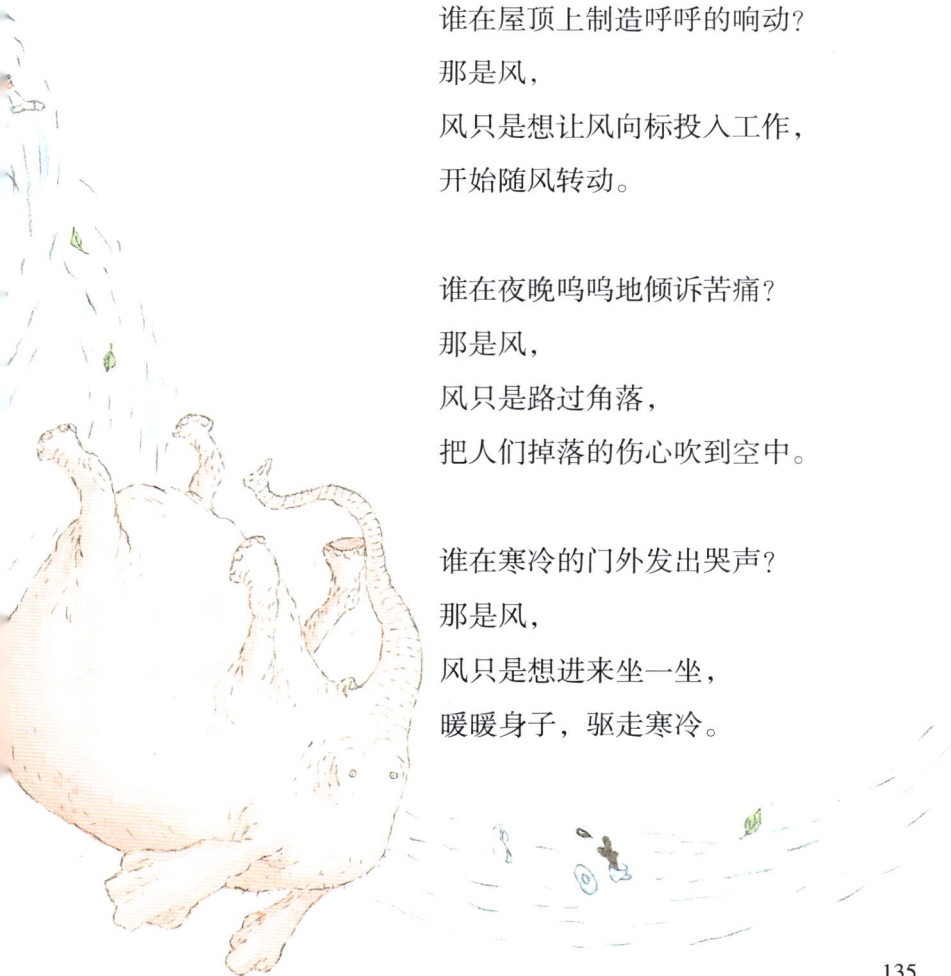

## 梦

我梦到

　下雪了。

在梦里，我就知道

　那只是一个梦罢了。

在梦里，

天上才会雪花飘飘。


在梦里，我就知道

　那是夏天。

即使知道那是夏天，

我依然梦到，

漫天雪花飘飘。

## 奇怪的冬天

虽然是冬天，
可是雪花没有露面，
因为寒冰老公公睡意正酣。
他梦见，
天上沙沙地下起了糖果冰雹，
酸酸又甜甜。


布谷鸟从挂钟里跑出来大声叫喊。


寒冰老公公睁开睡眼，
他拿出好多冰袋，
把它们统统打开。
热浪在全球到处乱跑，
要用多少冰袋
　　才能让地球退烧？

## 溜冰·垂钓·回忆

冬天，当气温降到零下，
我们在明亮的湖面上溜冰，
滑呀滑。
夏天，当小船在湖面上停下，
我们在静谧的湖中央垂钓，
钓啊钓。
水中的那些鱼
　　嘴巴张得老大，
尤其是那条狗鱼，
这么多年过去，
我依然记得它。

## 暴　雨

云朵的小帽子里装满了水，
飞行途中被风吹飞。
水从天而降浇在妈妈的脖子上，
弄湿了她的新衣裳。
"云朵，云朵！"
妈妈喊着，
"别让你的小帽子跟着我！"
果然，暴雨便不再瓢泼。

# 雨　天

就在这个时候，突然变了天，

这个紧要关头，哪里去找雨伞？

雨伞店和其他所有的商店

　都已早早把门关，

就像嘴巴闭得严。

其实，它们应该把嘴张开，

热情地大喊：

"很高兴在这种天气与你遇见！"

## 噼里啪啦的小青蛙

下雨了，
乌云滴下雨滴，
滴答，
滴答，
雨滴溅起小水花。
咦？
草丛怎么变绿了？
啪嗒，
啪嗒，
原来是一群噼里啪啦的小青蛙。

下雨了，
大雨倾盆而下，
哗啦哗啦，
水花绽得更加大。
噼里啪啦的小青蛙踏着水花，
鼓着嘴巴，打起小鼓，
咚咚咚，呱呱呱，跳上又跳下。

雨离开了，同时也带走了
噼里啪啦的小青蛙。

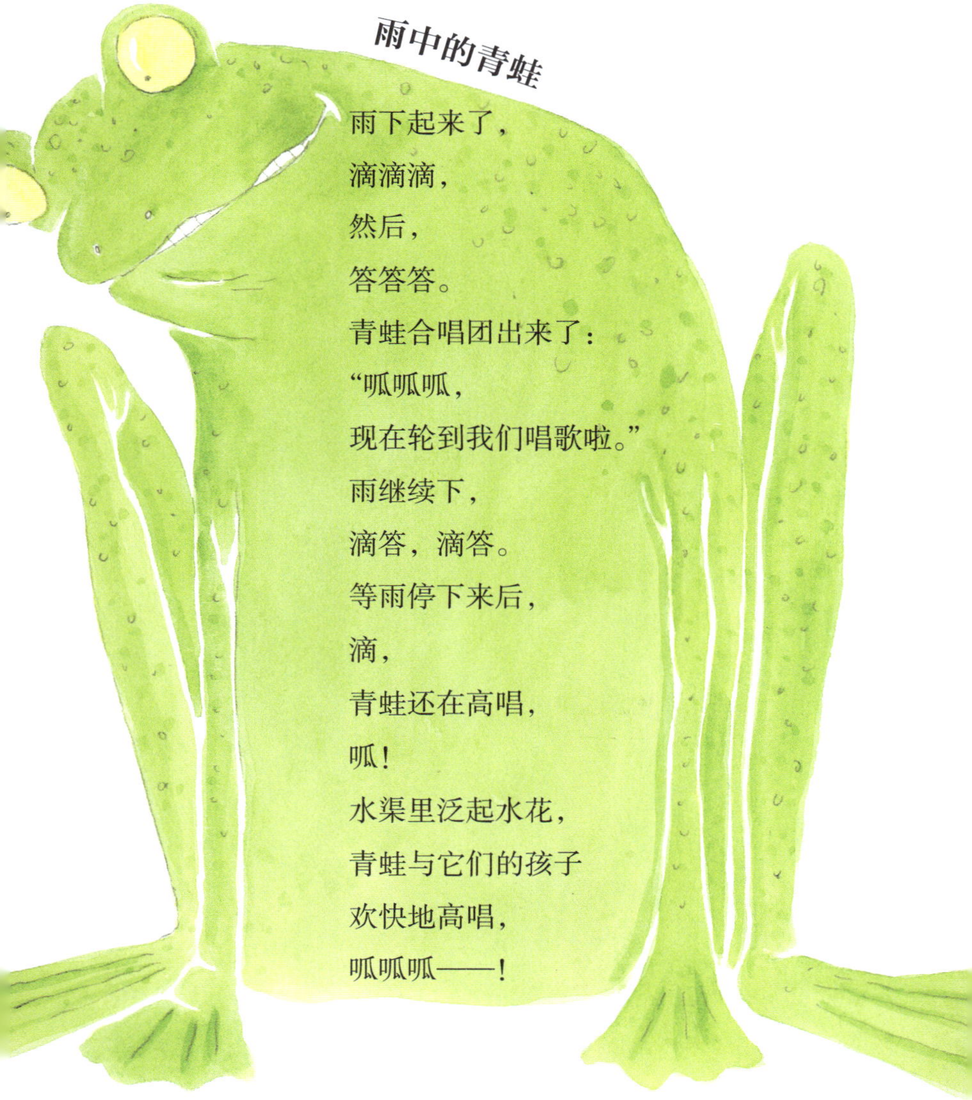

## 雨中的青蛙

雨下起来了，

滴滴滴，

然后，

答答答。

青蛙合唱团出来了：

"呱呱呱，

现在轮到我们唱歌啦。"

雨继续下，

滴答，滴答。

等雨停下来后，

滴，

青蛙还在高唱，

呱！

水渠里泛起水花，

青蛙与它们的孩子

欢快地高唱，

呱呱呱——！

## 童话故事

"有没有人知道，
这是怎么一回事？"
一只青蛙在叶子下思考，
"为什么到处都是月亮的倒影？"
它盯着池塘的水面，
伸展了一下身体，
然后纵身一跃——
池塘里月亮的倒影
　立刻碎成一片片。

"难道……
在'月亮池塘'里游一下
　就能得到金色的披风、
裤子还有金色的鞋子？
那也许就是金子做的披风、

裤子和鞋子！"
青蛙爬上岸，
眯着眼睛思考，
然后开始呱呱地叫：
"有一次，有一次，
青蛙在游泳时，
得到了金色的披风、
裤子和鞋子，
咕呱，咕呱。

青蛙爬上岸，
把它们放在叶子下晾干。
真是太棒了，
咕呱，咕呱。"

这，就是童话故事的开始。

# 10

## "什么都知道"先生

有一位先生什么都知道，
他知道
　这本书里的这个事情、
那本书里的那个事情。
所有书里的所有事情，
他都能记得清。

## 不一般的先生

一位胖胖的先生，

被妻子嫌弃，

于是瘦成了一根竹竿的样子。

他想要来一场全球旅行，

跟着气球和风，

是不是就能将心愿完成？

一位步履匆匆的先生，

一天到晚忙个不停。

他说："我甚至来不及擦一擦鼻涕。"

但是他没有注意，

鼻子已经追不上他的脚步。

一位小个子的先生，
穿着一双大大的鞋子。
鞋子里的脚指头上有多少根毛，
他的一生就会遇到多少烦恼。

一位不愿意停下脚步的先生，
永远都在旅行的路上。
"如果只是吃饭和睡觉，
那生活还有什么意义？"
说完，他又坐上了飞机。

还有一位先生，
也在这里，
他哪里都不去，
如果你请他离去，
他就会不停地问一些怪问题：
"你是谁？你从哪里来？要到哪里去？"

把你的名字写在这里，
这样他就不会一直问你。

## 园丁维罗克

园丁维罗克，

他胖得开心，

他闲得幸福，

他很少在院子里忙碌！

他胖得从椅子上爬起都费力，

不过他一点都不着急：

"只要还能看到自己的肚脐，

就可以继续躺着晒肚皮！"

## 大肚子先生

大肚子先生懒得减肥，
可怎么摆脱大肚子？
他想出了一个新主意。
买一面镜子，
只照自己的后背——
这样就省了好多事！

## 帽子先生

帽子先生彬彬有礼，
每次遇到我时，
他都会摘下帽子。
在我的记忆里，
每次遇到他，
都是好天气。
不如摘掉帽子，
让脑袋接受阳光的洗礼！

## 严寒先生的炉子

严寒先生家里
　　有一个炉子。
当炉子开始结冰，
牙齿开始打战，
严寒先生露出了笑脸。

## 奥 利

奥利站在门前思考，
认为自己聪明得不得了。
他把门开了两次又关了两次，
他跑来又跑去，
不想让人知道
　　他是想进来还是想出去。
也许，
小小的奥利
　　也有小小的秘密。

## 老婆婆的健康秘方

有一个老婆婆，

她总是在喝水，

早上喝水，

晚上也喝水。

她总是在说：

"水，水，给我水，我要喝水！"

如果有谁生病，

身体虚弱，

老婆婆就会喊："哦！

我得赶紧喝水！我现在就要喝水！

水，水，给我水，我要喝水！"

可是有一回，

老婆婆生病了，她不想再喝水。

她说："什么水？我不想喝水！"

不管你们觉得我说得对不对，

没有一直喝水，喝水，喝水，

老婆婆也慢慢好了起来。

这可真奇怪，

老婆婆的水壶怎么想也想不明白。

## 威利和沃利

威利和沃利住在一栋房子里，
这里只住着他们两个人。
他们锁上了大门，
关上了窗子，
还给烟囱加了顶帽子。

我可以告诉你们：
威利是威利，沃利是沃利，
威利喜欢多挣钱，
沃利喜欢肚子圆，
什么都不能耽误他吃饱饭。

## 吵　架

威利想把墙刷成白色，
沃利却不打算这么做。
他把油漆桶拿走了，
也拿走了属于自己的房子——
半个。

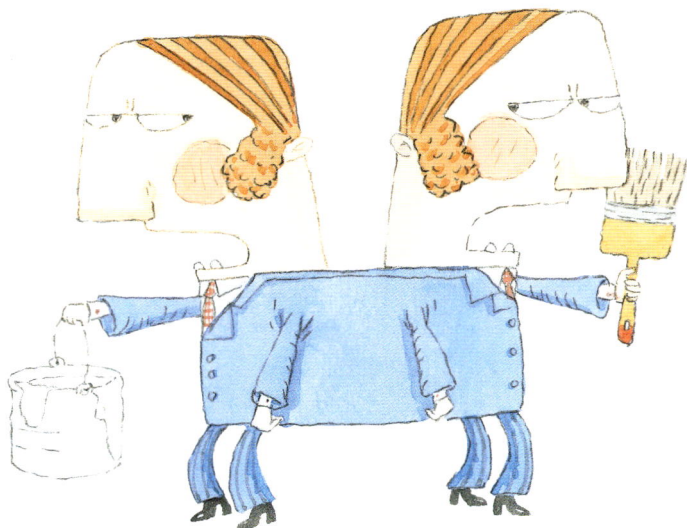

## 问号太太

问号太太
　什么人都不认识，
因为她从来
　不出门。
她会一直问同一个问题：
"我为什么只想待在家里？"

问号太太，问号太太，
眼睛睁大，嘴巴张开，
你需要把新鲜空气吸进来！

## 瑞典小姐

瑞典小姐坐着游船，
离开了瑞典，
她一点都不喜欢领航员引船靠岸，
因为这意味着旅途走到了终点。
"为什么不能让船
　偶尔搁浅？
我难得离开瑞典，
航行的时间真是太短暂。"

## 苏莱玛小姐

来自桑给巴尔的苏莱玛小姐，

梦想着拥有一座小岛。

她登上小岛，

又离开小岛，

开始了新的寻找。

## 搞笑的赫尔曼

赫尔曼是个搞笑人物，
他的鞋比脚大很多，
走路歪歪扭扭，
但从没摔过跟头。
他说，头发没有脖子长，
好运就会全跑光；
他还说，谁的鼻子长又长，
霉运不会身上藏。

赫尔曼就长这样，
但他依然不满足。
头发、鼻子长越长，
收入越会有增长。
头发、鼻子勤保养，
发丝根根油亮亮，
据说，
赫尔曼的搞笑度
　　又提高了百分之五。

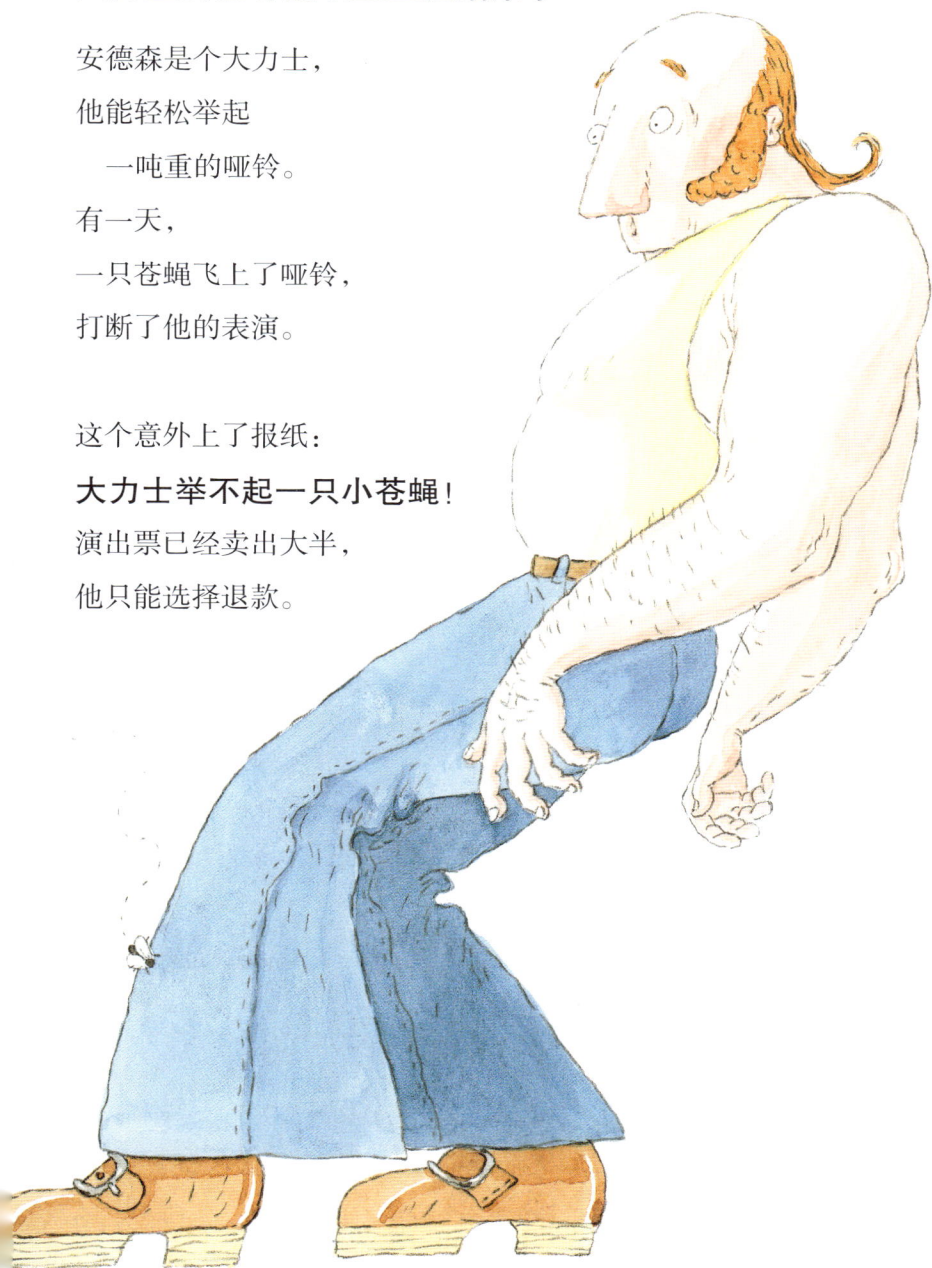

## 大力士安德森的职业生涯结束了

安德森是个大力士，

他能轻松举起

　　一吨重的哑铃。

有一天，

一只苍蝇飞上了哑铃，

打断了他的表演。

这个意外上了报纸：

**大力士举不起一只小苍蝇！**

演出票已经卖出大半，

他只能选择退款。

# 马戏团童话

从前，有一位马戏团公主和一位马戏团王子，
他们结婚生了一群孩子，
所有的孩子
　都爱马到痴迷。

孩子们喜欢骑着马绕着马戏团奔驰，
他们一起歌唱："这里就是我们的家，
跟着乐队一起歌唱吧！"

这个童话的结局和其他童话一样——
从此，他们幸福地生活在一起。
他们每天都在马路上散步、晒太阳，
就像其他人一样。

# 11

## 谎言和伪装

传说，
森林里住着狐狸一家，
它们的尾巴长在胳膊底下。
出门时，
狐狸一家
　　总是假装
　　胳肢窝里夹着其他狐狸的尾巴。

## 最后一只妖怪的悲惨生活

一只城市里的妖怪

在搬家。

它从这栋房子搬到那栋房子，

搬啊搬，不停歇，

直到累趴下……

啪嚓，

城市妖怪灭绝了。


但是它把放着妖怪手册和妖怪护照的箱子放哪儿啦？

## 芬兰的幽灵与没有黑夜的夏天 *

"唉，我要崩溃了！
我是一只失业的幽灵，
因为芬兰的夜晚不再黑暗。"
幽灵屋里一只情绪低落的幽灵说。

"我的身体在逐渐消失。
白天过完还是白天，
我看上去越来越没有幽灵的样子。"
幽灵屋里一只没精打采的幽灵说。

"我要去买一条被子躲在里面。
我就像那只旧的玩具熊——
已经没有存在的价值。"
幽灵屋里一只感到前途黯淡的幽灵说。

* "没有黑夜的夏天" 指
芬兰部分地区夏天出现的
极昼现象。——编者注

159

## 空荡荡的房子

房子说：
"好冷清啊，
灯光已经熄灭了。"

紧锁的门小声嘟囔：
"好冷清啊，
门牌被拿走了，我们没有名字了。"

现在，
连开玩笑的心情都没有了，
大家的心里空落落的，
如同所有的房间一样，
空空荡荡！

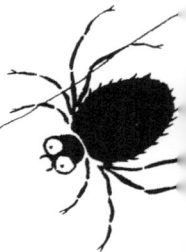

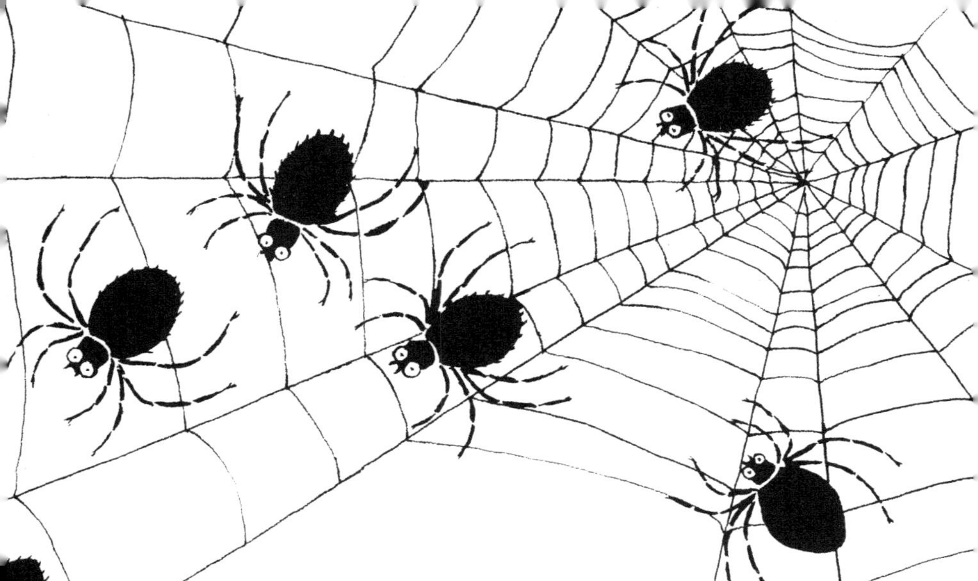

## 房屋里的蜘蛛

十三只蜘蛛占领了一间房屋。
很快，一张张网便在角落密布。
谁也进不去，
谁也走不出。
秋天阴沉灰暗，
心情低落悲哀。

新年终于到来，
十三只蜘蛛
收到了一份神秘礼物：
一只新年苍蝇！
这个礼物真不赖，
一下子驱走了所有阴霾！

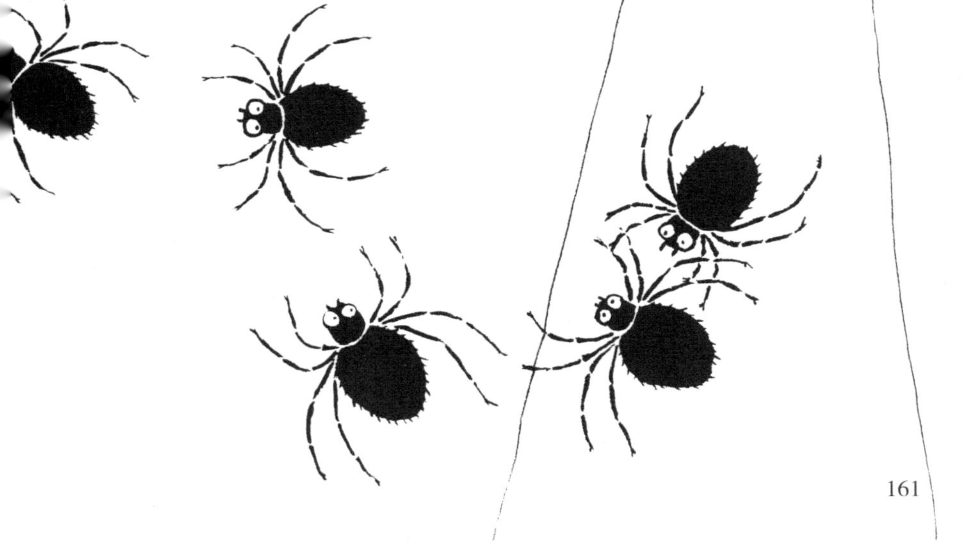

## 夜晚十三点

有一个幽灵家族
　　住在幽灵屋。
它们在烛光下
　　换上幽灵服，
因为门外已经响起幽灵亲戚的脚步。

大家聊起了幽灵事件，
蜡烛听到了吓得冒烟。
轻飘飘的烟在房间里乱窜——
幽灵妈妈的头发竖起来了，
幽灵阿姨不能把方向辨，
幽灵叔叔袜子全穿反，
而幽灵表弟只微微眨眨眼，
他兴奋地大喊：
"这个夜晚真是惊险！"

月光悄悄越过庭院，
寒风钻进烟囱呼哧呼哧地喘，
这个时候，
时钟敲响了十三点！

## 蜥蜴的奇幻故事

小小的蜥蜴长得很漂亮，
它一心只想变大变强。
变成一只喷火龙，
你看怎么样？

哎呀，好可怕，
会不会有一场灾难要爆发？

蜥蜴开始变形了！
不一会儿，
一只巨大的喷火龙缓缓抬起头，
火焰喷射而出，它尖叫不休：
"我要喷火！我要毁灭地球！"

勇士砍掉了它的脑袋，
可谁知道新的脑袋又长了出来。
喷火龙顶着一千个会喷火的脑袋，
熊熊的火焰烧着了它自己，
连尾巴也差点被火烤坏。

喷火龙还没来得及买点冰块，
北极的冰雪便悄然到来，
喷火龙被冻得想逃到千里之外！

我们知道，
蜥蜴逃走时尾巴会断开，
请你猜一猜，
喷火龙的尾巴有没有留下来？

## 森林里的秘密

传说森林里
　　有只狐狸的尾巴长在胳肢窝里。

那里的狐狸开了一家狐狸面包店，
那里的乌鸦穿着雨鞋，那是最流行的打扮。

那里的兔足三叶草比兔子还胆小，
它可没有兔子那么厉害的脚。

那里有老鹳草和猫眼草，
一些植物通常只能在纪录片中看到。

森林里还有什么东西？
除了树木一定还有许多秘密
　　我们不知道。

## 森林小地精

"森林小地精，
一共有五个，
长得让你分不清。"
神奇口令念五遍，
无与伦比的山巨人就会出现。

五个小地精，
变成一座山，
却保留着小地精的外观。
突然，
"阿布拉卡达布咚"，
山巨人变回了小地精，
原来是小地精喝了森林黑魔水，又念起了口令。

五个小地精跳着、笑着，
跃过茂密的森林。
小小的地精高喊着：
"啦啦啦！其实一共有六个小地精！"

## 森林童话

有一次我到森林里去，
小径弯弯曲曲，
我遇见了一个
　　长得像精灵的生物。
我睁大眼睛，想要看清楚，
呀，她的身后还有一条
　　卷曲的尾巴！

我立马猜出，
也许你也已经猜出，
她真的是一个精灵，
没错儿，她是一个小精灵。

小精灵用尾巴尖
　　牵着自己的孩子，

小精灵的孩子也用尾巴尖
　　牵着自己的孩子，
小精灵的孩子的孩子
　　还用尾巴尖牵着自己的孩子。
最后一个小精灵，
用尾巴尖牵着的
　　是一个有些奇怪的生物，
她没有尾巴，
更别说尾巴尖了。

小精灵笨拙地走着，
步子迈得不大。
我看到她们的脚趾有六个，
是不是很稀奇？
小精灵就是这样独特。

我向小精灵打招呼，
她们停下了脚步，
整座森林变得安静又严肃。
我屏住了呼吸，
所有的树桩、石头和蘑菇
　也屏住了呼吸，
不管怎样，
我还是向它们挥手致意。

我继续前进，
小径依然弯弯曲曲，
我又遇见了一个
　长得像仙子的生物。
我睁大眼睛，想要看清楚，
呀，她的背后还有一对
　透明的翅膀！

我立马猜出，
也许你也已经猜出，
她真的是一个仙女，
没错儿，她是一个小仙女。

她几乎是透明的，
她的身后跟着一个几乎同样
　透明的小仙女，
小仙女的身后还有另外一个
　小仙女……
最后一个小仙女
　已经透明得快要看不见了，
她没有翅膀，
甚至怀疑自己是否还在
　这个地方。

小仙女慢慢迈开脚步，
静静地飞舞。
她们嘻嘻地笑着，经过我的身边，
小花朵盛开在她们的耳畔，
她们的嘴里说着花朵的语言。

我对着小仙女拍拍手，
她们停住了舞步，
整座森林按下了暂停按钮。
伯劳鸟停了下来，
猫眼草和布袋兰也不再摇摆。

我踏上回家的小路，
沿途采到一根猫眼草和一根蕨菜，
捡到一块石头、一块青苔、
一根树根和一朵蘑菇。

我把整座森林的气息带回了家，
在院子里找了片空地，
请小精灵和小仙女来做游戏，
小精灵双脚并拢，蹦来蹦去，
小仙女挥动翅膀，旋转飞舞，
我的家变成了森林的国度！

作者介绍

基尔希·昆纳斯于1924年出生于赫尔辛基的一个艺术之家，是芬兰著名学者、童书作家、诗人和翻译家，被誉为"芬兰儿童文学的代言人"。她从20世纪50年代开始创作儿童文学，作品包括诗歌、童话、剧本等，她还翻译了刘易斯·卡洛尔的经典作品《爱丽丝梦游仙境》，将阿斯特丽德·林格伦、莫里斯·桑达克等蜚声世界的文学家的名作译介至芬兰。昆纳斯的儿童文学作品思路开阔，充满了快乐、嬉闹和神奇的氛围，她还会通过作品，与儿童、成人读者讨论社会议题，并一直致力于改革芬兰童话和儿童诗歌。昆纳斯的语言技巧、幽默和才华吸引了所有年龄段的读者，让一代又一代读者为之着迷。

昆纳斯曾四次获得芬兰国家文学奖，还曾荣获芬兰国家儿童文化奖、芬兰文学终身成就奖等；2009年，获得"芬兰文学院士"称号。

基尔希·昆纳斯的代表作：

《哈希莫的快乐盒子》，1954年

《森林精灵的童话树》，1956年

《森林精灵的故事》，1957年

《宝藏书》，1956—1960年

《尼卡棒棒糖山上》，1960年

《我们的时间》，1969年

《小树和松果男孩》，1972年

《长腿兔翻筋斗》，1979年

《马戏团的那些事》，1985年

《森林精灵的诗歌玩具》，2002年

《小朋友的国度》，2004年

《谁看到过风》，2010年

《嗨，滴答滴答》，2013年

《兔子邦尼》，2014年

《小朋友们的诗歌》，2018年

克里斯特尔·罗恩思生于1960年，是一位多才多艺的插画家、平面设计师和作家。罗恩思曾就读于芬兰理工大学建筑系，毕业于芬兰艺术设计学院图形系，获得艺术硕士学位。

罗恩思的绘画充满了丰富的细节和蓬勃的想象力，简洁而富有表现力的画面中流露着芬兰经典童话故事的绘画风格。从绘本到科普读物，罗恩思为孩子们创作了许多佳作。

克里斯特尔·罗恩思参与创作的主要作品：

《温柔的巨人》，2000年

《假小子雅苏》，2001年

《珍珠找到了家》，2002年

《森林精灵的诗歌玩具》，2002年

《皮鲁和薇玛》，2002年

《背起背包去远足》，2002年

《小精灵的旅行》，2003年

《大胡子飘飘叔叔的故事》，2003年

《女巫数字》，2004年

《字母羊掉了牙》，2006年

《长腿兔子翻跟头》，2009年

《康拉德与科妮莉亚》，2010年

《小猫基利与生气气球》，2010年

《我继承了一颗特殊的蛋》，2012年

《盘子里的香肠》，2015年

《小朋友们的诗歌》，2018年